LA DORMEUSE
DE NAPLES

Adrien Goetz est maître de conférences d'histoire de l'art à la Sorbonne. Après un premier roman remarqué, *Webcam*, dont le héros était un créateur contemporain imaginaire, il fait ici revivre trois flamboyantes figures d'artistes du XIXe siècle.

Adrien Goetz

LA DORMEUSE DE NAPLES

ROMAN

Éditions Le Passage

TEXTE INTÉGRAL

ISBN 978-2-02-094778-7
(ISBN 2-02-068418-7, 1re publication poche
ISBN 2-84742-041-X, 1re publication)

I
LA DORMEUSE DE NAPLES
(Naples en 1814)

En octobre 1806, personne ne me connaissait en Italie. J'étais arrivé par Florence, que je désirais voir, et dont je ne savais rien. Je me grisais de l'odeur du foin à chaque halte de la poste. Je descendis, dès que je fus en vue du Dôme, pour arriver à pied, en pèlerin. À Santa-Maria del Carmine, les fresques de la chapelle Brancacci m'ont appris à devenir naïf, ce que mes maîtres, et David le premier, ne m'avaient pas montré. Masaccio y avait inventé la ressemblance, l'ombre portée, l'expression. C'était au XVe siècle. Ensuite, vinrent les perfectionnements, mais tout semblait déjà contenu dans cette petite chapelle. Je revois le cri d'Ève que l'ange chasse du Paradis. L'effroi sacré du Porte-Glaive et la porte qui se referme. La tête blonde de l'apôtre qui regarde prêcher le Christ. J'ai tout cela chez moi, en gravures, dans des albums. Le début de la peinture, le début de ma carrière, de ma vie, l'Italie, le voyage, la façade blanche de l'église. Ces in-folio remplis de gravures, je n'ai plus, depuis longtemps, besoin de les ouvrir. Je caresse du regard le bas de ma bibliothèque, où j'ai classé côte à côte la galerie des

Offices, le Musée Pie-Clémentin de Rome, les chambres et les loges de Raphaël, les statues de la villa Albani. Je ferme les yeux devant ces reliures fatiguées, luisantes devant mon feu, sentant bon la cire. Je voyage, silencieux, dans un monde sans bruits, et dont je garde en moi les couleurs, depuis ces jours de ma jeunesse. L'hiver à Paris ne m'est supportable que comme cela. Je ne bouge pas. Je regarde les flammes qui ne sont pas assez hautes. Je devrais tisonner, j'ai froid. Avec le temps, mes adorations sont toujours Raphaël, son siècle, les Anciens, et avant tout les Grecs, mes Grecs divins. En musique, Gluck, Mozart, Haydn. Ma bibliothèque est composée d'une vingtaine de volumes que j'ai depuis toujours, chefs-d'œuvre incomparables, et avec cela, la vie a encore bien des charmes.

Je rajeunissais, déjà, en 1806, en voyant ces prodiges du temps où l'art de peindre était jeune. On m'avait trompé, avec tous ces Romains de convention. Il n'y avait pas un Salon au Louvre sans sa cohorte casquée : Léonidas, Eudamidas, Hamilcar Barca, Mucius Scaevola, Caton d'Utique. Des cuirasses et des jambières en carton bouilli, des aigrettes de théâtre qui ne faisaient plus rêver personne. L'idéal était passé de mode, en même temps que la guillotine et les dernières charrettes de la Terreur. Je décidai de reprendre le chemin des vrais maîtres, de renouer, par-delà David, avec Raphaël, le dieu du dessin et de la forme, et avec Titien, le roi de la lumière. Les grands peintres, comme Raphaël et Michel-Ange, ont insisté sur le trait en finissant leur vie. Ils l'ont redit avec un pinceau fin, ils ont ranimé le contour, ils ont imprimé à leur dessin le nerf et la rage.

Je traversais la Toscane, la naïveté capturée au vol. J'étais un barbare que son butin n'empêchait pas d'avancer à toute allure. J'en gardais des images pâles, des idées sans ombre. Je faisais des dessins sans nombre. Un simple contour, comme une ébauche, à remplir ensuite. J'attendais Rome. Je ne savais pas que j'irais plus au sud. Dans mon esprit, je ne pensais pas dépasser le Vatican, sauf peut-être pour quelques jours à Herculanum afin d'étudier les immortelles antiques. Grâce aux gravures, je connaissais les découvertes faites sous les cendres du Vésuve. J'avais envie d'en déterrer encore.

L'étude ou la contemplation des chefs-d'œuvre de l'art ne doit servir qu'à rendre celle de la nature plus fructueuse et plus facile : elle ne doit pas tendre à la faire rejeter car la nature est ce dont toutes les perfections émanent et tirent leur origine. Quand vous manquez au respect que vous devez à la nature, quand vous osez l'offenser dans votre ouvrage, vous donnez un coup de pied dans le ventre de votre mère.

Mon seul ami était alors François-Marius Granet, que j'avais connu dans l'atelier de David, du temps où nous nous efforcions encore de faire revivre le classicisme, et qui avait travaillé à côté de moi quand je m'étais installé, vaille que vaille, dans l'ancien couvent des Capucines, où peignaient aussi Gros et Girodet. Nous nous soutenions tous, nous inventions des sujets et des postures, posant les uns pour les autres et échangeant nos têtes. J'avais pendant deux heures, maintenu, pour eux trois, le rictus de la terreur. On me paya d'un souper. C'est le seul moment de ma vie où j'ai aimé rire. Il y avait un grand jardin, que personne n'entretenait, qui me rappelait Montauban. J'étais heureux de voir Granet en Italie. Avec lui, je pourrai parler. Bel homme, hâlé par le soleil à faire peur dans Paris, Granet plaisait aux Italiennes et ne se privait pas de me le faire savoir. Grand nez, joues creuses, quelque chose de Bonaparte à Arcole. Je n'en étais pas jaloux, rêvant de succès plus durables et de passions. Il voulait m'entraîner dans ses sorties nocturnes, cela ne m'amusait guère. Je lui laissais les belles faciles du Trastevere. Nous bavardions de peinture des après-midi durant, en aquarellant sur le Pincio ou dans les jardins Farnèse. J'imaginais ici la vie de Raphaël. J'avais sous les yeux la vue qu'avait eue Michel-Ange. Je jubilais. J'exultais. Je fatiguais tout le monde.

Le Colisée surtout dépassait mon attente. C'est en parlant avec François-Marius, le pauvre, que j'ai contracté mes habitudes pontificatoires. Plus tard, j'ai surpris mes élèves à recopier, dans leurs carnets de croquis, des sentences et maximes sur l'art que j'étais censé avoir dites. *Pontifex maximus.* Je ne voulais que leur apprendre à faire des lignes, les brosses à la main, sans adages ni théories. On ne m'a pas compris.

J'allais chaque jour voir les Raphaël du Vatican. Je les aime encore d'amour. Jamais rien ne m'avait paru plus beau, et je me disais que cet homme divin l'emportait sur tous les autres. Je suis convaincu qu'il travaillait de génie et qu'il portait toute la nature dans sa tête ou plutôt dans son cœur. Lorsqu'on en est là, on est comme un second Créateur.

Ce que je raconte ici date de mon premier voyage d'Italie. Je n'y régnais pas encore. Rien ne laissait présager l'accueil que me fit la villa Médicis en 1835, quand j'arrivai avec le prestige de l'ancien pensionnaire devenu directeur. Ce palais convient mieux à des vieillards qu'à des jeunes gens. Il offre ses lauriers à la vie qui s'allonge, il ne les promet pas toujours à l'enthousiasme de nos prix de Rome.

« Nos prix de Rome », voilà que je commence à écrire comme si je discourais dans mon habit de l'Institut. Mieux vaut arrêter dès l'abord. À l'Académie, l'épée au côté, je finis toujours par bafouiller, par ne plus savoir lire. L'Empereur vient de me nommer sénateur. L'Impératrice Eugénie m'a l'autre jour parlé en souriant et je n'ai pas su quoi répondre. Je ne serai pas plus éloquent au milieu de ces gâteux, mes pairs. Du moins, c'est clair, on me dira conservateur. Aussi conservateur que le Sénat. On l'a si souvent répété. Qu'on ne me juge pas sans m'avoir entendu.

Rome a cessé de me plaire. J'y pensais en finissant mon tableau de *Stratonice.* La fièvre m'a saisi. Que le destin la patafiole et la Ville éternelle aussi, dans laquelle on ne peut vivre, avec son climat, et qui n'est plus la Rome que j'ai connue autrefois. Tout y est insupportable. Là-bas, il y a tant de choses que je n'ai pu vaincre, malgré ma patience, en art et partout, et une force de volonté dont, j'ose le dire, j'ai souvent fait preuve : je ne suis pas de bois, au contraire, je suis nerveux en diable. Et elle, bégueule et chaste, ma Stratonice.

Je ne supporte plus personne, ni mes amis, ni mes élèves. Cette feuille de papier et encore, je préférerais y dessiner qu'écrire. Mais je n'ai pas ici de mine de plomb, j'ai trop froid pour aller en chercher dans ma chambre. Je me contente de ma plume et de mon vieil encrier de Palerme. Qu'on me trouve singulier, intolérant, bizarre : comme mes goûts élevés font partie d'une religion, comme je puis rendre raison de la hauteur de ce que j'aime, de ce que j'adore ! On comprendra, sans parler de la nécessité de mes nerfs, d'où viennent mes prétendues bizarreries, mes habitudes maniaques, mon attachement inlassable aux petites choses, le fond de ténacité, de persistance, de persévérance, de mon caractère, et pourquoi je suis intolérant.

Il n'y a pas d'honneurs que je ne possède. J'ai repris mon autoportrait pour y mettre l'insigne de Grand Aigle de la Légion d'Honneur, mon crachat de Commandeur. Je prends la voix, pour rire, à l'atelier, de la statue du Commandeur ; tous tremblent : « On n'a pas besoin de lumière quand on est conduit par le ciel. »

J'ai des lettres, en plus du talent, et des crachats. J'aime la gloire, les récompenses me sont un réel bonheur. C'est ridicule, mais c'est ainsi. Madeleine, en cela, me ressemblait. Je me prends pour un sage antique, sérieux et barbu comme l'Homère que j'ai installé au plafond du Louvre. À mes pieds, comme sur mon tableau, deux jeunes femmes imaginaires tiennent l'une un glaive, l'autre la rame d'un navire : mes combats et mes voyages, mes Iliades et mes Odyssées. J'ai voulu tout avoir, pour ne plus perdre de temps à désirer. Et garder plus de temps pour dessiner, ce que je préfère au monde, après dormir.

Les pages que je veux écrire, moi qui parle si mal, qui me donne l'air assuré parce qu'au fond, je ne sais pas grand-chose, sont une espèce de confession – que je n'ai jamais faite à personne. La mode en est passée, malgré les écrits impudiques et chrétiens de monsieur de Chateaubriand. Comme moi, dans sa jeunesse, il avait dû lire Rousseau, le détester et l'admirer à force de le lire. J'ai bien l'âge, moi le second violon du Capitole de Toulouse devenu sénateur de Sa Majesté, où l'on peut tout dire sans honte.

Il y a pire. Il me semble parfois que je suis le XIXe siècle à moi seul.

Cela aussi donne droit à parler, même sans être écrivain.

Avec François-Marius, nous improvisions à qui mieux mieux dans la campagne romaine. Nous déclamions. Nous haranguions. Nous engagions des controverses. Nous nous lancions dans d'interminables éloges. Lui au moins n'a rien noté de mes fadaises. Je n'écrivais pas les siennes. Il s'est dit tant de bêtises dans la campagne romaine. Les mots courent sur les collines. Nous ne causions que de peinture. Il y croyait comme moi et y mettait toute son application. Il observait. Il espionnait les arbres. Par le pinceau, nous voulions refaire une révolution. Nous l'avons accomplie, en ces années de Rome, mais le public a cru que la révolution en peinture, c'étaient Géricault et Delacroix. *Le Radeau de la Méduse* et *Le 28 juillet : la Liberté guidant le peuple. Povero me !* J'espère que la postérité saura voir clair et rendra à mes odalisques, mes baigneuses, et jusqu'à mes rêveuses Stratonices, ce qu'elles avaient de révolté.

Je lui donnais toujours ses deux prénoms, François-Marius, mélange qui me plaisait de notre mode du temps de la Renaissance et de l'héroïsme des vieux Romains, que David avait imposé à notre génération. L'heure était au Moyen Âge, dans les vêtements, les meubles, les arts et la poésie ; et le Moyen Âge allait jusqu'à Louis XIV, jusqu'à l'Orient des Croisés et l'Espagne du dernier Abencérage. On rêvait dans des décors d'opéras encore frais, sentant la peinture. « François-Marius », ce prénom, c'était le Colisée hérissé des trois cent soixante-cinq cheminées de Chambord, avec l'accent d'Aix. Granet riait beaucoup, ce qui me divertissait, moi qui, d'abord, suis sinistre et gauche.

Tout me semblait facile et je peignais beaucoup. L'énorme quantité des ouvrages anciens faits par un seul homme prouve qu'il vient un moment où un artiste, fût-il sans génie, se sent comme entraîné par ses propres moyens et recommence tous les jours des choses qu'il ne pensait pas savoir exécuter. Je me croyais cet homme. J'accomplissais des progrès chaque jour. « Jamais le travail ne m'a été aussi facile, expliquai-je à Granet, et cependant mes ouvrages ne sont pas lâchés. Au contraire, je finis plus qu'autrefois, à Paris, mais bien plus vite. Il m'est impossible par nature de ne pas faire toujours mes tableaux en conscience. Les terminer vite pour gagner de l'argent, cela m'est bien impossible. » François-Marius était de mon avis.

Je me suis marié vers cette époque. Madeleine Chapelle était modiste à Guéret dans le Limousin. Autant dire qu'elle tombait de la lune. Nous nous rencontrâmes en Italie, au pied du tombeau d'un autre grand artiste qui s'appelait Néron et régnait sur le monde. Je connaissais l'endroit par la gravure de Piranèse et mes promenades, qui m'y avaient, plus d'une fois, mené en solitaire. Nous jouions, avec François-Marius, la scène de sa mort mille fois racontée au collège : « *Qualis artifex pereo* », quel artiste meurt avec moi ! Sauf que nous, nous naissions – et l'*imperium* nous serait peut-être, un jour, réservé. Du haut du monument, on parcourait une vue admirable. Madeleine avait le visage rond et de petits bras potelés. Elle nouait des fichus sur ses chignons. Elle n'avait pas une mauvaise tête. Je me décidai sur l'instant. C'était la cousine pauvre de ma belle Adèle, devenue depuis Adèle de Lauréal, une jeune femme que j'avais un temps, à Paris, fait semblant de courtiser, que je n'aimais pas, mais qui, en société, les premiers temps que je me forçais à sortir, me donnait l'air moins empoté. Il fallait bien que je fisse ma cour à une jeune fille, et Adèle souriait toujours avec moi. Je n'étais pas encore assez dégrossi pour comprendre qu'elle n'était que polie ou qu'elle voulait rire. Ma cour pataude la lassa. J'étais petit, pas encore gros, mais déjà je faisais l'important. J'étais laid. Je parlais par aphorismes et préceptes. Je savais tout. J'étais un zéro pour la conversation. Elle me prit aussitôt en grippe. Je la trouvais brillante et spirituelle. Pauvre petite sotte. Tu as rampé ensuite pour avoir ton portrait peint par moi. Je crois que je la hais encore. Je partais le dernier de ses mardis. Elle me dépêcha alors en hâte la modiste du Limousin qui lui ressemblait un peu et qu'il fallait établir. Elle expliqua à Madeleine que je n'étais pas un de ces artistes bohèmes qui flambent leurs gains et vont boire dans les cabarets, que je pensais assez bien, qu'elle serait heureuse. J'avais décroché le grand prix. Le prix de Rome. Je mettais mon argent chez le notaire. On le consulta. Tout fut fait sans moi. J'envoyai à Guéret un dessin à mon effigie, flatté.

Je laissais ma vie se décider. C'était déjà assez étrange, pour un barbouilleur de province, de se transformer en grand peintre : je regardais tout ce qui m'arrivait comme s'il se fût agi d'un autre. Après tout, j'aurais pu rester à Montauban, où il y avait aussi force modistes à établir et des salons à décorer. Madeleine était celle que j'aurais pu épouser tout aussi bien, si ma vie n'avait pas pris ce tour qui me surprenait. Si ma vie n'était pas devenue celle d'un maître. Elle me rappelait que je ne suis pas né romain. Ma carrière, ensuite seulement, s'éleva ; ce fut long. Je me retrouvai chef d'école, et me félicitais chaque jour du choix que j'avais fait. Madeleine n'était pas aussi sotte que je le redoutais, ni aussi cruche que le pensait sa cousine. Partir pour l'Italie lui plaisait bien, la vie d'artiste ne l'effrayait pas. Madeleine surtout était bonne, et avisée. Elle avait prévu le soleil et fait faire une cargaison d'ombrelles avec lesquelles elle arriva. Elle ne dit rien à Adèle, ne montra pas son enthousiasme et se mit en chemin pour que nous fassions connaissance. Nous avions échangé quelques lettres : je revois son écriture apprise au pensionnat, avec les barres bien horizontales, et de tout petits b, à ventre replet, qui la rendaient reconnaissable et qu'elle conserva toute sa vie. Ce n'était pas tout à fait une écriture de bonne sœur, elle y ajoutait la finesse et la rondeur, qui lui appartenaient. Elle fut toute surprise de se retrouver sous le ciel d'Italie et peu de temps après, l'épouse d'un peintre. Elle rangea ses ombrelles chez moi. Elle fit tout, dans les années qui suivirent, pour que son peintre devînt le plus grand de son siècle. Je crois bien qu'elle est morte en pensant qu'elle avait réussi.

Un succès, un peu de gloire, et surtout une conscience à peu près contentée, et l'on reprend ses chères douleurs.

Nous nous sommes mariés le 4 décembre 1813, à Rome, en l'église de Saint-Martin-des-Monts. Martin est un saint qui me plaît : pouvoir partager son manteau avec le pauvre que l'on aime. Martin, le guerrier généreux. Le saint qui, pour donner, ne descend pas de son cheval. Je voyais déjà le carton d'un vitrail. Avec un Martin bien raide et sérieux comme un pape, qui ne sourit pas en faisant le bien – et un lourd drapé de l'époque gothique, rouge orangé, au centre de l'image. Je me souviens de m'être fait ces réflexions sous les voûtes ocre de l'église en voyant la poussière flotter dans la lumière de mon vitrail imaginaire. Ma joie sonnait à l'orgue. C'est tout ce que je garde de cette journée, cette chaleur rose et jaune, assortie à celle de mes joues, avec quelques-uns de mes aphorismes, auxquels je ne crois qu'à demi et que je préfère, en rappelant cette grande circonstance de ma vie, épargner à mes lecteurs. Vous savez, des pensées d'album, sur les femmes, le bonheur ou la fidélité.

Je n'avais pas pensé pouvoir être amoureux. Mais je voulais une femme qui pût s'appeler madame Ingres. Depuis ma mère, la place était à prendre. Madeleine était pour cela plus parfaite que je ne l'eusse souhaité. Je me surpris à jouer l'amour. Je faisais le galant de comédie. Madeleine me comblait. Je ne cherchais pas à feindre ou à la bercer de sentiments que je n'éprouvais pas. Je me persuadais que je l'aimais, puisque j'étais heureux. Nous faisions de la musique et, dès les premiers jours, en me moquant un peu de moi-même, je repris mon vieux violon, un temps délaissé. Je lui fis aimer Gluck, aujourd'hui si passé de mode. Elle chantait juste, avec cette voix qui me plaisait chez les femmes un peu fortes. J'aurais voulu, dans mes portraits d'elle, laisser deviner sa voix ; je n'y suis jamais arrivé. Mon bonheur avec elle, tant il était paisible, fut durable. Jusqu'au jour où je l'ai enterrée.

Or, dès sa descente de la *vettura* – sorte de malle-poste verte et jaune que je n'oublierai jamais –, dans les jonquilles du tombeau de Néron, le mal était fait. Je jouais trop bien les amants éperdus pour que ce ne fût pas suspect. J'étais trop doué. Madeleine s'émerveilla de mon accueil. Elle portait un manteau de voyage à la mode de province. Je trouvais cela sans prétention et de très bon goût.

J'appris, en quelques semaines, en mimant d'abord, ce que je savais si bien peindre : ce qu'était, pour moi, la passion. Madeleine, en arrivant, pour rire, déplia ses ombrelles une à une. J'aurais aimé peindre cela, si j'avais eu le pinceau de monsieur Corot : ces taches de couleurs pures, rondes, en ligne, devant les montagnes, sous les nuages, la malle ouverte. Un cercle jaune, un cercle bleu, un cercle vert, un cercle blanc, un cercle noir.

Je ne tardais pas, un peu plus tard, à être pour de bon épris. Depuis, je n'ai cessé de l'être, et je l'ai caché à tout le monde. J'ai eu plus de maîtresses que ce lion de Delacroix. On me croit le modèle des vertus domestiques. Je suis un grand dissimulateur. Je me suis toujours lassé au bout de quinze jours. Mais qu'importe, puisque nul ne l'a su. C'étaient des femmes qui me faisaient plaisir mais qui m'eussent rarement fait honneur. J'ai même eu un homme, pour essayer. Pas n'importe lequel, je vous l'assure : Joseph, le maure qui agite un drap dans *Le Radeau de la Méduse*, le modèle de Géricault. Il ne m'a pas laissé un souvenir inoubliable. Un naufrage, autant le dire. Je ne me suis plus aventuré. Voilà qui m'épargna d'avoir à faire le voyage d'Orient. Car on sait bien pourquoi messieurs les peintres, et quelques écrivains, tiennent tant à leur séjour au Caire. C'est une manière de faire, sans scandale et sans suite, ces quelques petits essais qui, en Europe, ruinent une réputation. Avec Joseph, c'était le dépaysement à domicile, et une discrétion de conspirateur. Personne n'a jamais su qu'un jour il était venu poser chez moi, et que je l'avais gardé après l'heure. Pas un caricaturiste du Salon qui aurait osé pareille charge : « Le bon monsieur Ingres embroché et rôti par le nègre de la Méduse. » La guerre des classiques et des romantiques. C'est que Géricault peignait des esclaves libérés de leurs chaînes et moi, bien sûr, mes éternelles captives de harem, mes femmes sans voiles dans mes décors sans figures. Avec des eunuques pour les garder et leur chanter des mélodies. Ce qui n'arrangeait rien. On ne m'a jamais pris pour un rebelle.

Joseph, c'était pour rire, je le mentionne pour l'anecdote. Le secret de ma vie est ailleurs. Seule la première a compté. Celle qui, avec la vraie passion, m'a enseigné ce que je cherchais par mon art, ce que ne m'avaient appris ni les maîtres ni David, ce que j'avais jusqu'alors à peine entrevu, ce que je ne savais pas même devoir combler ma vie, la beauté. La beauté de la nature, pas celle de l'époque et du goût de notre temps, la beauté selon moi, incarnée dans une femme. La première, celle de Naples – et qui n'était pas Madeleine Ingres.

J'étais parti passer trois mois à Naples, en 1814, pour faire des portraits de la famille royale. Napoléon donnait des royaumes à ses frères et sœurs. Murat avait eu le bon sens d'épouser Caroline. Il s'était ensuite couvert de gloire, sabrant lui-même, au milieu de généraux qui se bornaient à commander. À Aboukir, il hurlait à la charge, quand une balle lui traversa les joues. Bonaparte le félicita d'avoir, pour une fois, ouvert la bouche avec à-propos, et lui conseilla de se laisser pousser les favoris. Il y gagna un profil royal, qu'il put bientôt faire frapper sur les monnaies napolitaines : *JOACHIM NAPOLEON REX.* Mais je ne vais pas me mettre à raconter l'histoire de l'Empire. Murat, donc, roi empanaché de ce paradis, m'avait vu à Rome en 1809 et m'avait même acheté une odalisque à peine terminée, assez maladroite, moins achevée que les deux tableaux que j'entrepris ensuite sur ce thème. Il était venu lui-même à l'atelier : il me causait à mi-voix, comme s'il avait peur de parler d'art à un artiste. Je m'appliquais à voir les cicatrices sous les favoris, pour savoir si la légende était authentique. Ma toile a dû périr dans la catastrophe du roi cavalier et le retour des Bourbons. Je ne la regrette pas. Officiellement invité, peu après, j'avais pour tâche d'exécuter un grand portrait de la famille, un portrait de la reine, par lequel je commençais, et deux femmes endormies. Cela ne me laisserait pas le temps d'aller à l'opéra ni de faire le joli cœur en contemplant le golfe au clair de lune. L'une de ces femmes est l'*Odalisque* que je montrai ensuite à Paris. L'autre fut celle que je nommai *La Dormeuse* et dont je me souviens ici. *La Dormeuse de Naples.*

*

Je l'ai rencontrée dans la rue. Je revenais de Caserta, le palais royal : la reine Caroline avait posé tout l'après-midi, et j'avais encore en tête les esquisses que je venais de dessiner. Je respirais la poussière de la route et j'étais si jeune et si bête que je devais trouver que cette poussière d'Italie sentait bon. J'avais, en parfait cavalier, des bottes neuves à revers clair, mais j'allais à pied. Personne ne m'a jamais vu sur un cheval. La reine me plaisait, elle se forçait à faire la souveraine. D'autre souveraine qu'elle-même, elle n'en avait pour ainsi dire jamais vue – excepté Joséphine et les petites Bonaparte, qui improvisaient de leur mieux, chacune de leur côté, sous l'œil de dames d'honneur bien nées qui faisaient mine de ne rien remarquer. Elle me parlait de Napoléon pendant les séances de pose, je me remémorais en rentrant dans la ville les anecdotes touchantes qu'elle m'avait doucement contées sur son miraculeux frère. L'épopée me frôlait de son aile brûlante, le sable des Pyramides, les étangs gelés d'Austerlitz. On croyait ferme alors à toutes ces sornettes. Napoléon s'envolait sur un quadrige de feu au milieu du plafond de l'histoire, couronné de lauriers par la Victoire aptère. Il était tard, le soir allait tomber. J'avais hâte de retrouver mon violon et mes partitions de Viotti. D'ouvrir l'écrin doublé de rouge. Je vis arriver mon héroïne.

Elle marchait, seule comme une jeune femme pauvre, bien prise dans une de ces robes noires qui font l'honneur des Napolitaines. J'allais peindre leur reine comme cela, en noir. Elle souriait. Je la vis et, comme si j'avais été le fringant François-Marius, je l'abordai. L'*abbordaggio* à l'italienne auquel je ne m'étais jamais risqué. Je lui expliquai que j'étais un peintre qui cherchait des modèles. Elle répondit comme si elle était la reine Caroline incognito. Elle y mit aussi – avec la hauteur – la douceur des reines démasquées qui, se sachant reconnues et souveraines, font extrêmement attention à votre personne. Elle me fixa en me parlant. Elle, au moins, n'avait pas l'accent d'Ajaccio. Je ne l'ai pas bien écoutée. Elle sentit que je disais vrai. C'est rare, en Italie, ceux qui racontent aux jeunes femmes qu'ils sont des peintres qui cherchent des modèles, et qui disent vrai. Elle me suivit.

Je ne me suis jamais expliqué cette rencontre. Je n'en ai jamais exactement retrouvé la date. Je lui demandai en chemin si elle habitait le quartier. Elle me donna la rue, l'étage de la maison. Je n'en demandais pas tant. Je n'osais comprendre que c'était une invitation. Je n'y pensais même pas. Et puis, c'était elle qui venait chez moi. Elle parlait à toute vitesse, un napolitain dont je ne saisissais que la moitié. Je la regardais. Elle m'intimidait plus que la belle Caroline Bonaparte. Elle lui ressemblait quelque peu, plus peut-être à l'autre sœur de Napoléon, la princesse Borghèse, Pauline, avec les traits aussi fins et un profil plus pur. Tout de suite, même si ses charmes évidents m'avaient d'abord retenu, je voulus savoir qui elle était, d'où venait sa famille. J'appris peu de chose, du moins au début.

Je la menai à l'atelier, j'allumai le quinquet pour l'avoir en pleine lumière. Elle dénoua ses cheveux noirs sur sa nuque qu'elle avait la plus belle du monde, comme on dit dans les romans pour lorettes. Je ne savais pas si j'allais la peindre ou la caresser.

Nous entrâmes en silence par la porte de service, directement dans l'ancien salon, transformé en salle d'étude ; Madeleine ne se manifesta pas – elle venait rarement dans cette pièce indépendante, qui servait d'atelier et communiquait avec l'appartement par une petite porte. Elle devait m'entendre, mais savait que je n'aime pas être dérangé quand je peins, même si c'est l'heure du souper. Madeleine était venue à Naples, où elle s'était tout de suite déplu, pour superviser mon installation et choisir la bonne. Elle rentrait à Rome la semaine suivante. Tout se combinait pour rendre possible ma première intrigue.

Je la dessinai comme un fou. En deux heures de pose, j'avais fait un petit tas de croquis. Je les ai encore, ils contiennent mon existence. J'ai toujours dessiné vite. Je suis capable de saisir un homme qui tombe d'un toit.

Je la dévorais. On ne veut jamais croire que je peins vite. On voit mes tableaux si parfaits, si léchés, qu'on les imagine méticuleusement médités, exécutés avec lenteur. C'est ce vieux diable de Delacroix qui va lentement. Qui observe comme un chasseur de fauves, qui empâte, parce qu'il cherche. Moi, je trouve. Je couvre très vite la toile, mais comme je recommence cent fois, j'ai montré peu de tableaux. J'efface. Je retravaille, c'est cela qui me prend du temps. Je brûle. Je ne me satisfais pas de ce que j'ai inventé. Je veux mieux. Un portrait de femme, c'est infaisable. Depuis cinquante ans, pour moi, c'est à en pleurer. J'ai représenté la femme dans toutes les poses possibles, j'ai reconstitué des regards et des coiffures, j'ai multiplié les essais, avec des miroirs, des robes, des éventails et des jumelles de théâtre posées sur le manteau de la cheminée. Je n'ai jamais été mondain, mais beaucoup se sont imaginé le monde grâce à mes images. Pour moi, ce n'étaient que figures coloriées. Je sais mesurer mes limites, et je tremble à chaque fois de ne pouvoir, encore quelque temps, faire illusion. On admire mes portraits, on me couvre d'or; je sais bien, vieux prestidigitateur près de la retraite, quand je les vois, que ce n'est pas cela. Je n'y arrive pas. Quand on ne me regarde pas, je pleure même pour de bon. Depuis, j'ai essayé de choisir mes modèles, la petite comtesse d'Haussonville, la princesse de Broglie, selon ce que je me sentais capable de tracer. Mais la seule que j'aurais voulu peindre, dessiner, peindre de nouveau, c'était elle, ma dormeuse de Naples. Je vais tenter de dire pourquoi. Elle, la seule qui ressemblât, à la perfection, à ce que je savais faire, la seule qui égalât mon imagination. Sur la route de Caserta, face à moi, ma *popolana* sans robe noire.

Je commençais cette nuit-là le grand tableau commandé par Murat, plus beau que l'*Odalisque*, déjà presque achevée. L'*Odalisque* était imaginaire, celle-ci serait réelle. L'*Odalisque* était l'Orient, elle, l'Occident. Mon coucher de soleil. J'en cherchais l'idée depuis des semaines. Mais je me souciais peu de « tenir mon tableau ». Même si cela entrait pour partie dans mon ardeur. J'avais trouvé, enfin, sans la chercher, une femme.

Elle se recroquevilla d'abord, comme si elle s'était réfugiée dans mon antre. Je la sentais vulnérable. Je voulais la protéger, la défendre, la secourir. Je l'ai regardée jusqu'à ce qu'elle ait confiance, qu'elle déplie ses bras, étende ses jambes, que ses cheveux ne cachent plus ses yeux et qu'elle me rende mon sourire.

Je n'aime pas trop l'idéal. Le mot me fait trop penser au bête idéal des élèves de David que j'ai tant détesté. Leur « beau idéal » consistait à couler tout ce qu'ils voyaient dans le moule de l'Apollon du Belvédère, de l'Antinoüs du Vatican ou de la Vénus Médicis. Les grands modèles hérités des anciens, toujours les mêmes. Mon « beau idéal », c'est trouver dans la nature ce que je suis capable de rendre, insister, dans un modèle, sur ce qui me plaît, la ligne des hanches ou de la nuque, la peindre avec le reste, mais faire en sorte que, si l'on regarde un peu longuement la toile, on ne voie plus que cela – que l'on ait envie de cette nuque et de la courbe de ces hanches. Au violon, dans ma jeunesse, je n'étais pas virtuose. J'insistais sur la note juste. La promeneuse napolitaine m'avait paru sortie toute nue de mon cerveau. J'avais devant moi la seule femme qu'il me plaisait de peindre. Ma belle idéale. Tous les points de son corps appelaient ma ferveur. Si je l'avais peinte à loisir, on aurait vu en elle la femme parfaite, celle qu'on veut posséder tout entière. J'aurais aimé que l'on comprît cela devant les peintures que je ferais d'elle : pour moi, elle est parfaite, et même si elle ne l'est pas pour vous, ce qui compte c'est que ma peinture montre qu'elle incarne, pour moi, peintre, cette perfection. Et cette impossible peinture, à laquelle je me consacrais dès lors, eût été la perfection, pour vous, pour chacun.

La première fois que je la vis nue, il me fallut me persuader qu'elle n'était pas créature de mon imagination, que je ne me modelais pas une femme en rêve, comme Pygmalion amoureux de sa statue. Que c'était bien une femme de chair que j'avais en face de moi et pas l'une de mes peintures. Elle me paraissait « déjà peinte ». Elle bougeait. Tout était à refaire. Je n'avais pas jeté encore le premier coup de pinceau. Elle se retenait de respirer, je croyais être en face d'un tableau. Je finissais par douter. Le meilleur moyen d'en être sûr eût été de me jeter sur elle. Ce que je ne fis pas.

Dans mes œuvres antérieures – quand je revois aujourd'hui la *Baigneuse* achetée par Murat que j'avais peinte en 1808, Caroline Rivière posant devant une rivière, Thétis taquinant Jupiter, madame Duvauçay si jolie – c'était déjà elle que je voulais voir, qui occupait mes songes. Je retrouve, dans telle autre, peinte à mi-corps, un grain de peau, un port de tête qui déjà étaient à elle. Je peignais sans le savoir des fragments de sa beauté avant de l'avoir connue. Dans les œuvres de Raphaël, dans la *Vénus d'Urbin* du Titien à la galerie des Offices, je reconnais maintenant des pressentiments de son corps. Je comprends ce que j'ai tant aimé dans ces peintures la première fois que je les vis. C'étaient autant de promesses qu'elle existait et que, peut-être, je la rencontrerais à Naples.

C'est un privilège, que les anciens eussent pris pour divin, de voir s'incarner le plus secret de ses rêves. « Nous sommes de la même étoffe que nos songes » : Eugène Delacroix n'a pas le monopole des citations de Shakespeare, un écrivain que je me cache d'aimer – même si je l'ai fait figurer, avec Malherbe et Raphaël, parmi les grands hommes de mon *Apothéose d'Homère*, mon Panthéon d'admirations que les persifleurs ont pris pour un cabinet de figures de cire. La phrase de Shakespeare se trouve, je crois, dans *La Tempête*, qui est sa dernière pièce, comme *Le Déluge* est le dernier tableau achevé du Poussin.

Avec ma Napolitaine, j'aurais dû aller très vite. Comme d'habitude, je m'y suis repris à cent fois. J'aurais dû la posséder le premier soir, la prendre dans mes bras, dès qu'elle est entrée à l'atelier et qu'elle s'est déshabillée. Elle a fermé les yeux comme si elle dormait, ce que les modèles ne font jamais. Elle était si calme. Le calme est la première beauté du corps – de même que, dans la vie, la sagesse est la plus haute expression de l'âme. Voilà que je recommence à parler par maximes. Je me fais pitié. Ce soir-là, quand elle a remis sa robe et qu'elle est sortie, je lui ai baisé la main, et je n'ai même pas osé la raccompagner. Je n'avais pas assez d'argent pour commander une voiture. J'avais honte. Je l'ai regardée partir, à pas égaux, dans l'ombre de la petite rue. Je suis rentré.

J'ai fini la nuit en la dessinant, cent nouvelles fois, de souvenir.

J'étais sûr qu'elle reviendrait le lendemain. Je ne parvenais pas à croire à ma chance. Elle serait à nouveau sur le socle de bois qui servait à la pose.

Si j'avais fait l'amour, le premier jour, avec la belle dormeuse de Naples, aurais-je continué de peindre ? Sans doute, mais moins, et pas ainsi. Je n'aurais pas recommencé tant d'Odalisques et d'Angéliques, de Stratonices et de Vierges à l'Hostie. Je n'aurais pas cherché, ma vie entière, ce que j'aurais, en une nuit, trouvé et possédé. J'ai pour exemple le grand Poussin qui a souvent répété les mêmes sujets. Les femmes qui ont ensuite été mes maîtresses ne furent si nombreuses que pour me laisser vivre dans mes souvenirs de Naples. Celles que j'ai peintes depuis et qui n'ont été que des modèles – que je regardais comme un chirurgien qui dissèque – je ne suis jamais, si belles fussent-elles, parvenu à les désirer.

Débordant d'elle, j'ai inventé mes baigneuses, ma Jeanne d'Arc et ma baronne de Rothschild, j'ai changé les visages, mais je peux dire, devant certains dos, certaines hanches, certaines mains, que j'ai partout mis des carrés de chair qui lui appartiennent et que je pourrais désigner. Certains yeux sont les siens. Les vertèbres de l'*Odalisque* qui ont tant inspiré les sots. L'*Odalisque*, celle de Naples, que Murat n'eut pas le temps de m'acheter, que je remportais à Paris, non sans l'avoir retouchée, pour lui donner quelque chose de *La Dormeuse de Naples*, qui était du même format. J'inventais les formes pour qu'elles parlent d'elle. Si j'avais dû apprendre l'anatomie, je ne me serais pas fait peintre. Même quand Madeleine posait, elle qui n'aimait pas bien cela, je lui ajoutais sans rien dire une couleur au ventre, un pli sur le cou, qui appartenaient à sa rivale. Madeleine triompha toujours. Car je l'aimais ainsi, peinte avec le ventre de l'autre. Et je l'embrassais mieux ensuite, pour la remercier d'avoir posé. Je l'étreignais en la voyant telle que je venais de la peindre, belle comme l'autre et comme mon œuvre. Je déformais, on me crut fou. On dit que je pratiquais l'originalité comme une manière. Personne ne chercha à comprendre. Si l'on m'avait posé des questions, peut-être aurais-je répondu.

Le cou d'une femme n'est jamais assez long, ni son dos, ni ses doigts.

Je me prenais pour Raphaël, si jeune, si élégant, qui sans cesse peignait sa maîtresse. J'avais copié un portrait de Raphaël et il trônait à l'atelier; j'avais mis des lauriers d'or au-dessus du cadre. Moi, vieux avant l'âge, nabot au nez pointu, amoureux inlassable de tout ce qui est beau. J'étais Raphaël pour elle, et elle ma Fornarina, ma *donna velata*. Mais Raphaël était mort à trente ans d'avoir trop aimé la

Fornarina. Il signait ses portraits sur les rubans qu'il lui mettait, un nom au collier d'un chien. La Fornarina parut à ses funérailles, comme une Eurydice à l'enterrement d'Orphée. J'aime l'histoire d'Orphée, sans toutefois oser m'y confronter : Gluck l'a mise en musique, Poussin en tableau. Je me contente d'admirer leurs œuvres en rêvant que je vais chercher chez les morts, en jouant un air de violon, la femme qui a disparu. Orphée fut le dieu des artistes, je ne l'imite qu'avec la modestie feinte qui me va si bien. Moi, Ingres, je survis à mes amours, je n'emporte rien avec moi. Mais je me retourne souvent.

À Naples, une sorte d'intimité charmante s'établit entre nous. J'écris « charmante », je n'en pense rien. Les souvenirs d'alors me brûlent au fer rouge. Je savais ce qu'elle faisait à chaque heure du jour. Elle parlait en posant, elle racontait peu de chose d'elle-même. Certains jours elle boudait sans me dire pourquoi, faisait la capricieuse. Je lui aurais ouvert le crâne pour lire ce qu'il contenait. Que voulait-elle de moi ? Aurais-je droit à de l'amour ? Étais-je devenu un protecteur à la mode du pays, l'illustre étranger que l'on présente à sa famille, un grand frère, un sigisbée français ? Se moquait-elle, voulait-elle m'utiliser ? Si c'était ainsi, j'avais la satisfaction de ne pas être dupe – mais au fond, je m'en moquais. Tout cela me répugnait. Je voulais tout savoir d'elle, la comprendre. Pourquoi, jour après jour, elle revenait chez moi. Je connaissais sa famille, leurs amis. Tous m'aimaient, peu m'importait ; je connaissais chaque ligne de son corps, je pouvais dessiner de mémoire la petite tache qu'elle avait sur le mollet droit, placer le grain de beauté qui est sous la commissure de ses lèvres, du côté gauche, seules imperfections d'un corps qui, sans cela, n'eût pas appartenu à la Terre. Je savais comment étaient rangées ses dents et tous les autres détails ridicules que le premier amour inspire aux jeunes gens. Cinquante ans plus tard, je dessinerais son profil de mémoire, je trouverais dans ma palette la couleur, si rare, de ses cheveux. Toute cette science que j'avais acquise d'elle, je l'eusse échangée contre une heure de vraie intimité qui ne fût pas « charmante ». L'intimité que j'aurais pu avoir avec elle si je m'étais rué le premier jour. Jamais je n'avais aimé comme cela.

Le plus cruel, c'est que nous jouions les amoureux. C'était pour moi la pire des tortures, ces encouragements de badinage qui ne menaient à rien. Savait-elle que j'en souffrais? Cela dura plusieurs mois. Pour peindre, j'enlevais mon alliance, qui alourdit la main. Non que je peigne de la main gauche, mais il me faut l'équilibre en tout quand je travaille. Elle me prit l'anneau d'or, le mit :

« Attends de m'avoir épousé, lui dis-je.

– C'est un peu cela déjà, non? »

Je ne me passais plus d'elle. Mes journées s'écoulaient à la regarder. Souvent, je ne peignais plus. Elle s'en apercevait sans m'en faire la remarque. Elle me tournait en ridicule pour des riens, je ne savais pas jusqu'à quel point elle me permettait d'être familier. Elle fermait les yeux. Je me considérais déjà assez heureux.

Elle se laissait caresser. Je lui passais, tout en parlant, la main sur la nuque, je la décoiffais. Elle jouait à ne pas s'en apercevoir. Cela me mortifiait. Elle se laissait faire, mais ne m'encourageait pas. Si elle avait saisi ma main, quand je la passais dans ses cheveux, je l'aurais embrassée tout de suite. J'aurais voulu que quelque chose vienne d'elle. Elle me laissait faire seul tout le chemin de l'amour. Et je n'osais pas. Quand elle était nue, je ne la caressais pas, j'étais derrière mon chevalet comme un artiste à la torture. Je lui aurais donné tout.

Face à elle, ma dormeuse, je me sentais dans une solitude aussi vive que face à une toile. Ma solitude d'avant le premier coup de couleur, ma solitude de dessinateur attentif, ma solitude d'artisan qui place en silence ses vernis, ma solitude d'écrivain qui ne sait pas relire ses phrases. Mes solitudes de Montauban et de Toulouse, mes solitudes de Paris et de Florence. Toutes les solitudes du temps de ma jeunesse, que j'avais crues finies en me décidant à vivre avec Madeleine, des solitudes que j'avais tuées, qui reprenaient sagement leur place. L'hydre des solitudes avait des têtes qui repoussaient, des yeux partout pour me regarder, des cous hideux de serpent vert. Elle n'était pour moi ni une compagnie, ni une muse qui dialogue, ni la statue qui parle, ni une maîtresse. Elle me rendait à mes douleurs, à ces moments que je connaissais si bien depuis toujours, où je me repliais en moi, des instants qui me manquaient, depuis mon mariage, sans que je les aie vus partir. Je le compris en restant face à elle, endormie, vivante ou morte, arrachée à ses rêves pour adopter les miens. Elle me rendait à l'attention, au silence, à la minutie, à la paresse, au scrupule, elle me redonnait la vertu de plaire, et d'animer les choses, pour moi seul, dans cet atelier qui me servait de refuge. Elle me tutoyait. Espiègle, quand je lui disais : « Et quand je reviendrai en France, comment vivrai-je si je ne peux plus caresser ta nuque, comme cela », elle répondait : « Tu achèteras un chat. »

Quand elle se rendait à l'atelier de fortune que l'on me prêtait à Naples, je me postais d'avance sur la place carrée, derrière la fontaine. Je la regardais venir. J'aimais la voir marcher, autant que la contempler immobile, pendant les poses. Sa robe noire qui bougeait sur ses chevilles, ses colliers et pendants d'oreilles de jais, les bijoux de deuil de sa mère, les seuls qu'elle possédât. Elle n'aurait jugé convenable aucun autre. Aussi n'osais-je jamais lui en offrir, de peur qu'elle ne se sentît obligée de les porter. Je la suivais, je ne pressais pas l'allure. Elle allait chez moi. J'avais la tranquillité de tout savoir d'elle, et qu'elle m'attendrait; et quand elle allait plus vite, que c'était, peut-être, parce qu'elle était pressée de me rejoindre. Je ralentissais encore. J'imaginais le dessin que je pouvais faire de son mouvement. Elle trouvait, une seconde, porte close; en deux enjambées, j'étais là. Elle me souriait. J'étais béat comme un collégien.

Un jour qu'elle ne devait pas venir à l'atelier, et où je ne pensais qu'à elle, je me mis à ma fenêtre. Je la vis, je murmurai son nom. Elle leva la tête. Elle passait dans la rue. Elle monta de bonne grâce et posa tout l'après-midi. M'attendait-elle depuis une heure ou deux ? Je n'ai pas osé le croire. De toute façon, il y avait mille endroits de Naples où se promener un dimanche. Elle revenait là où elle savait être heureuse. Je ne voulus pas le comprendre et crus à l'effet du hasard.

J'ai contemplé son corps pendant des heures, ma vie n'a pas suffi à le peindre, je pourrais en parler pendant des pages. Ses bras longs et minces, ce dos si long, cette taille si fine. C'était surtout cela que j'aimais, cette peau brune et si douce à la taille.

Nous sommes allés, vers la fin de cette période, nous promener jusqu'au couvent de San Martino, une chartreuse qui domine la ville. Partis à pied, nous ne vîmes pas venir l'orage. Nous nous sommes réfugiés dans une petite trattoria, pittoresque à souhait comme dans un roman de Théophile Gautier que j'ai un peu oublié – *Arria Marcella*, je crois, où il est question d'une belle pompéienne endormie sous la lave, brûlante et pétrifiante, du volcan. L'aubergiste nous accueillit. Elle engagea la conversation, en napolitain. Elle ralentit son débit, pour articuler doucement : « Nous nous sommes mariés la semaine dernière. » On nous apporta du *vino santo*, comme en Toscane. L'aubergiste proposa une chambre pour la nuit. Après sa phrase, j'insistai. Je me croyais autorisé à le faire. Je ne la connaissais pas encore assez. Elle singea un caprice de jeune épousée, auquel un mari ne peut résister en public et insista pour que je la ramène à Naples. On nous trouva une voiture. Avec l'orage, impossible de redescendre à pied. Elle riait. Le *vino santo* nous montait à la tête. Il m'en fallait peu. La nuit était tombée. Je ne l'avais jamais tant désirée. Jamais je n'avais eu de telles timidités d'étudiant trempé. Je me disais : « si je l'embrasse, elle disparaîtra à jamais. Au moins, en ce moment, je la vois chaque jour. » La voiture s'arrêta devant chez elle. Je lui parlais des banalités du lendemain. En même temps, selon un geste familier, je lui caressais la nuque, de plus en plus lentement, avec trois doigts, puis deux. J'approchai mes lèvres des siennes. Je l'embrassai. Elle ne se jeta pas en arrière de la voiture, comme je le craignais. Je l'embrassai à nouveau, pour m'assurer que ce baiser n'était pas pris par ruse. Elle se laissa faire, puis se dégagea doucement, inclina la tête. Elle me dit à demain, en descendant de la voiture. Les chevaux repartirent.

Je me suis effondré dans l'atelier, sur le lit de camp. Je mordais mes draps pour ne pas crier son prénom. La bonne, espionne stipendiée par Madeleine, se serait éveillée.

Le lendemain, elle vint à l'atelier à l'heure dite. Naples séchait au soleil. Elle se déshabilla comme de coutume. En sortant, je lui baisai la main. Rien n'avait changé. La civilité puérile et honnête.

Je devais rentrer à Rome. Retrouver madame Ingres. Je proposais à mon modèle de m'accompagner, puisque mon tableau n'était pas fini et qu'elle me devait encore quelques séances de pose. Je pensais que l'indélicatesse qu'il y avait à le lui rappeler cacherait la violence que je me faisais. Elle m'expliqua que c'était impossible, que sa famille la retenait, que j'étais bien le seul au monde à ne pouvoir me passer d'elle, que cette histoire n'avait pas de sens. Elle était capricieuse comme il n'est pas permis. En ces moments, je la haïssais : petite idiote qui croit occuper le centre du monde, qui pense que l'on ne parle que d'elle, sans conversation, jamais drôle, sans goût, sans lecture, répétant les mêmes histoires sans intérêt où elle avait un ridicule petit rôle qui la posait. Elle se permettait de me dire non. Sa vie n'était devenue intéressante que depuis notre rencontre. Que croyait-elle? Qui d'autre s'était jamais occupé d'elle à ce point? Je sentais que tous les autres, elle avait dû les lasser très vite. Une jolie prude qui n'a rien à dire, on ne s'attarde pas, on en trouve de moins farouches et quelquefois plus jolies, et qui parlent, et qui lisent, et qui plaisantent. Il n'y avait que moi qui avais pris la peine d'écouter, de regarder, de distraire cette enfant qui, à bien voir, n'avait pour elle qu'un physique plaisant et un sourire – et encore, je n'étais pas sûr qu'elle plût universellement. J'étais sensible à sa beauté, voilà tout. Elle commençait presque toujours par dire non. Je ne l'avais pas encore compris et fus bien malheureux, ce jour-là, de sa réponse. Nous étions au début de notre affaire. Je n'étais pas préparé à ses attaques, j'y répondais avec l'énergie du désespoir. Resté seul, je lui cherchai un cadeau pour réparer ma maladresse. Le lendemain, elle me laissa insister pendant deux heures, puis céda du terrain. Elle voulut bientôt, comme si elle en avait l'idée d'elle-même, comme si cela devait venir en aide aux siens, m'accompagner à Rome. Elle se décidait sans raison, comme une petite fille. Je n'avais jamais saisi vraiment qu'elle avait huit ans de moins que moi. Nous ne nous séparions plus.

Une fois prise la décision de venir à Rome, je n'ai pas eu à insister, elle était aussi volontaire que la petite modiste de Guéret. Je ne pensais pas qu'elle pouvait m'aimer. Je m'étonnais toujours, quand elle me laissait voir qu'elle m'aimait bien. Je n'en revenais pas. En ce temps, je ne connaissais vraiment rien aux femmes. Depuis, les minauderies des femmes faciles m'ont fourni un commode laboratoire pour comprendre, en plus concentré et en plus rapide, les complications qu'affichent les autres. J'ai appris à mener en trois heures ce qui, à l'époque, me prenait huit ou dix mois. Je ne suis pas certain, pourtant, qu'aujourd'hui, face à elle, je m'en tirerais mieux. Elle désorganisait tout. Je n'avais plus envie de sortir dans le monde. Madeleine, la mort dans l'âme, refusait les dîners de la société française qui dominait Rome en ce temps – l'administration napoléonienne nous fournissait des amis à voir, des femmes à peindre, des soirées, des enterrements et des mariages. Je faisais dire que je travaillais. On me respectait. Mes journées se passaient en réclusion, à l'atelier. Le soleil seulement m'indiquait où j'étais.

Je craignais un peu de la présenter à Madeleine, qui, soucieuse d'organiser notre ménage, n'avait pas voulu rester à Naples et que j'avais confiée à la garde de François-Marius. Je logeai ma belle dormeuse chez une *locandiera* romaine, pas trop chère, que m'avait recommandée mon rapin. Je la fis venir dans l'atelier aux heures où Madeleine était en ville. Inutile précaution vite abandonnée; des modèles, il en venait souvent. Ma jeune femme, qui était sage, avait compris tout de suite qu'elles font partie du métier de peintre. Elle ne fut jamais jalouse, du moins devant moi. Et puis, fût-elle entrée à l'improviste, elle nous eût trouvés, à convenable distance, moi derrière ma toile, mon modèle allongé sur l'espèce d'estrade que j'avais ménagée, dans un si grand silence. Rien ne pouvait nous accuser.

À l'époque des grandes conversations avait en effet succédé celle des silences. Madeleine parlait pour trois, nous l'entendions de l'autre côté de la cloison. Nous nous regardions, ma petite napolitaine la mimait si drôlement. Je n'avais jamais vu à quel point Madeleine pouvait être comique. Je me souviens qu'un jour, nous l'écoutions parler de moi à nos amis musiciens qui répétaient un quatuor que nous travaillions alors. Elle me peignait comme l'astrologue tombé dans un puits, le savant de comédie, qui ne serait rien sans la femme dévouée qui tient son ménage : « Sans moi, il irait se jeter sur toutes les roues. » Elle voulait dire « sous toutes les roues », mais elle devait penser, sans s'en rendre compte, « sur toutes les femmes ». Pauvre Madeleine. Elle me sentait plus lointain.

*

J'ai laissé inachevé le portait de François-Marius. Pour un peu, je l'aurais détruit.

J'ai connu, quelque temps après le retour à Rome la plus grande trahison de ma vie. Il avait posé pour moi en 1807, avant toute cette histoire. Je n'ai pas eu le courage depuis de l'orner d'un paysage, après cette si belle tête. Il s'en est chargé.

J'ai revu le tableau chez lui, des années plus tard. Il a peint, derrière son manteau brun et le col blanc qu'il a quelque peu raccourci, je ne sais pourquoi, la vue du Quirinal que nous regardions si souvent, elle et moi.

Je n'ai rien dit. J'ai pardonné à François-Marius. Des amis comme lui, j'en ai peu, et il ne pouvait pas savoir.

Nous n'en avons jamais parlé. Mais quand j'ai vu chez lui ce paysage que je ne me souvenais pas d'avoir peint, qui était de lui mais aurait pu être de moi, je me suis senti transpercé. J'ai serré la mâchoire, puis j'ai parlé comme jamais, pendant tout le dîner, j'ai battu la campagne, je suis parti en guerre contre l'École des beaux-arts, mes balivernes habituelles. En sortant, je me faisais honte. Et le visage de François-Marius, ridé et chenu à côté du portrait où il était si beau, et moi, en face, si gras et laid. Un futur gros sénateur content. C'était dans ses dernières années, après la révolution de 1848. Vivre sagement, borner ses désirs, se croire heureux, c'est l'être véritablement. Vive la médiocrité !

Un soir à Rome, elle m'avait quitté sans me dire où elle allait. Je n'étais pas jaloux, sachant que, dans la ville, elle n'avait que moi. Elle irait sans doute brûler des cierges à Saint-Louis-des-Français qui restait ouvert tard le soir. Le lendemain au déjeuner, François-Marius me prit à part devant Sainte-Agnès de la place Navone : « Tu ne m'avais pas dit que tu faisais venir de Naples de jeunes modèles. J'ai rencontré ta merveille hier soir. Elle ne s'est pas trop fait prier. Ce n'est pas faux, tu sais, ce que l'on dit sur les Napolitaines, mais tu ne m'écoutes pas ; elles ne savent pas dire non ; il est vrai que tu es un sage, c'est toi qui es le modèle de toutes les vertus. Madeleine a bien de la chance. Ouvre les yeux, regarde-la au lieu de la faire poser. Et puis, si le cœur te dit, elle n'est pas farouche. Je ne pense pas avoir été le premier, depuis qu'elle est à Rome. Et à Naples, pense donc, sur le port. Je ne crois pas qu'elle puisse vivre avec ce que l'on donne aux modèles. Essaye. À la bonne fortune des peintres, et de messieurs les Anglais, et des pêcheurs d'Ostie, et des *monsignori*, et... »

Cela dura plus que je ne saurais dire. Une phrase aurait suffi. Il en fit trente.

J'avais envie de crever son portrait dont j'avais si bien travaillé le visage.

*

Ma *Dormeuse de Naples* aujourd'hui est perdue.

Elle me trompait : je la voyais moins en séductrice, se jouant de moi pour se distraire – elle était certainement cela – que comme une femme qui souffre, à qui aimer fait mal, qui n'ose pas se livrer, qui rit de moi pour ne pas pleurer sur elle. Même prise dans les bras de François-Marius, je la savais incapable d'aimer. Elle possédait tellement cette solitude où je la plongeais chaque jour, elle y trouvait comme moi tant de délectation. Je sentais qu'elle partageait, plus que les flammes de ses amours, avec moi, cette passion froide, que j'étais, avec elle, seul à comprendre – et qui pour nous valait le reste. Je la plaignais, je l'aimais, je la comprenais mieux à mesure que je la savais plus lointaine et tentée de s'affranchir de mon contrôle. Ma jalousie me faisait mal, mais n'avait pas le dernier mot. Au-delà de la petite torture, il y avait, encore, la certitude qu'elle formait avec moi un couple, un personnage bicéphale, comblé et unique, qui se taisait, ne se montrait pas, mais défiait Marius et tous les autres.

Depuis que je ne la vois plus, quand je travaille seul, au bout de quelques heures de silence, de gestes réitérés, de surfaces couvertes de couleurs avec application et exactitude, elle revient, je ne regarde que la toile, le nez flairant l'huile, je passe un pinceau mou sur la pâte pour en atténuer le relief, je me retiens de respirer, et je sais qu'elle est près de moi. Je ferme les yeux, elle reste un temps et disparaît. Je sors et je joue un petit air au violon que je fredonne pour me laver l'esprit. *Orphée* de Gluck. Puis je ferme à nouveau la porte, je me remets à l'ouvrage, en mimant, pour moi seul, celui qui ne l'attend pas. Elle m'aura tué à petit feu, mais en me laissant voir qu'elle était aussi malheureuse et abandonnée que son peintre. Je me suis ainsi consolé de ses amants. Amaury-Duval, le plus consciencieux de mes élèves et qui est l'amant de sa femme, m'a encore demandé l'autre jour si je savais qui avait cette *Dormeuse de Naples*, le pendant de l'*Odalisque* si célèbre. Amaury est un peu bête. J'ai montré l'*Odalisque* dans le Paris de 1819. Théodore Géricault a dit à son ami Montfort : « J'admire la baigneuse d'Ingres. Où l'a-t-il prise ? C'est terriblement beau. » Il n'avait pas vu *La Dormeuse*. J'aurais voulu la lui montrer, il aurait compris ma passion. Géricault, ce fou qui cachait comme moi ses amours. J'ai été obligé de dire à Amaury que je n'en savais rien. Je destinais mon tableau à un roi, Murat; on l'a fusillé. Son royaume n'est plus qu'un souvenir, et ma *Dormeuse de Naples* sommeille dans quelque grenier du vaste palais royal de Capo di Monte ou a été détruite dans la révolution. On m'a dit qu'elle était à Venise. Je n'en sais rien. Je crois que monsieur Denon, que je hais, l'a vue lors de ses missions italiennes et n'a pas pris la peine de l'acheter pour Paris, ni de me le dire. On ne fait pas plus méprisable que ce galant mondain, déchet de Versailles entiché de Napoléon, Talleyrand des arts, de la m… dans un bas de soie. Je suis allé cracher sur sa tombe le matin de son enterrement pour m'assurer qu'il était mort. Ma *Dormeuse*, peut-être elle aussi l'avait-il volée. De même, qu'est devenu le portrait de la reine Caroline, posant en noir devant la cime du Vésuve ? Tout cela a dû disparaître, et moi seul, ridicule sénateur qui ignore tout de l'État, je me souviens de cette époque où je n'étais rien, de ces fantoches que la Parque a saisis les premiers et que je détestais comme s'ils devaient me survivre, avec toutes ces choses oubliées, que je trouvais alors si belles.

J'aime me rappeler cette admiration de Géricault pour l'*Odalisque*. À l'époque, nous étions dans le même camp. Nous nous moquions de David et de son école. Nous avions compris que l'on pouvait faire autre chose, que leur « beauté » romaine n'était pas toute la peinture. Ensuite, je suis allé regarder Raphaël, et lui, à l'autre bout de la Grande Galerie, copiait Rubens. Il a appris à brosser à grands traits, à montrer sa vigueur. *Le Radeau de la Méduse* a été son *Jugement dernier*. J'avais des idées à l'opposé des siennes. La touche, si habile qu'elle soit, ne doit pas être apparente : sinon, elle empêche l'illusion et immobilise tout. Au lieu de l'objet représenté, elle fait voir le procédé ; au lieu de la pensée, elle dénonce la main.

Depuis, j'ai continué ma route, toujours semblable à moi-même. Eux n'ont fait que changer. Et je suis devenu vieux. Face aux « romantiques », j'étais aussi timide que devant la dormeuse de Naples, je restais l'ancien élève des frères des écoles chrétiennes de Montauban. Les vers latins et le thème grec. Avec une éducation pareille, il n'y avait rien à espérer. J'en pleure encore. J'aurais pu me porter à la tête de cette troupe. On m'aurait acclamé. Je serais monté sur la barricade. Avec eux. Et je suis seul.

Je digresse pour ne pas aborder de front la suite de mon histoire. Après notre conversation, je plantai Granet place Navone et titubai jusqu'à l'atelier où je m'enfermai. Elle vint. Je lui ouvris sans un mot. Je fis comme si de rien n'était. Mais j'abandonnais *La Dormeuse* pour une autre toile. Je lui demandais de poser debout. Elle fit la capricieuse. Pour la première fois, j'ordonnais. Elle s'exécuta.

Elle parla de sa vie. Comme je ne disais rien, elle enchaînait les phrases à voix basse. Je retrouvais son attitude, si peu sûre d'elle, si renfermée, des premières minutes chez moi, à Naples. D'abord souveraine, puis jeune fille timide qui hésite, puis se confie, puis s'abandonne et se reprend. Elle me dit qu'elle resterait toujours seule. Elle ne savait rien faire, elle ne plaisait pas. Elle n'avait aucun vrai ami, aucune confidente de pension. Elle était gentille pourtant, on la croyait hautaine et méprisante alors qu'elle cherchait à être agréable à chacun. Elle avait toujours obéi à ses parents, sans les décevoir jamais. Elle était une fille bête. Elle refusait par principe les jeunes gens qu'on lui destinait. Des garçons simples et braves. Elle en avait horreur. Elle n'était pas si intelligente que cela. Ni si belle qu'un peintre veuille tant la faire poser. Elle aimerait faire maintenant quelque chose qui lui fût propre. D'abord, quitter l'Italie. J'aurais pu lui apprendre le métier de peindre. Cela, jamais ses parents n'y auraient pensé. Elle deviendrait célèbre et ne se marierait pas. Ou alors elle serait chanteuse, deviendrait riche et couverte d'amants. Puisqu'on ne l'aimait pas, elle se vengerait par la fortune et la méchanceté. Elle apprendrait le cynisme, que son père détestait tant. Elle n'irait plus à la messe. Elle parlerait français. Est-ce que je voudrais bien l'aider dans ces nouvelles vies ? Elle me regardait.

Je possède encore cet autre tableau fait d'après elle, en quelques séances, puis de souvenir. Ces dernières années, je l'ai maquillé afin de n'en garder l'image que pour moi seul. Mais je l'ai appelé *La Source.* Après ma mort, en lisant ces pages, on comprendra bien pourquoi. Dans un coin sombre de mon atelier, dissimulé à moitié par un rideau de serge verte, j'avais placé cette ébauche, grande comme nature, que j'avais tracée en deux nuits, d'après mes piles de dessins, et retravaillée ensuite devant elle. Je l'avais pour ainsi dire toute dans ma tête, je l'exécutai ensuite comme d'une seule venue. Je m'étais enfermé, j'en oubliais de dormir. J'étais si dépouillé face à son visage. Elle posait, droite comme une colonne de temple, tordant ses cheveux entre ses mains ; je l'avais peinte comme je la voyais, le fond était resté d'un jaune d'or qui lui donnait l'air de la *Madone de saint Sixte* de mon cher Raphaël – que j'irai quelque jour, si l'on me prête vie, voir à Dresde. Elle m'a servi de protectrice et de refuge – toute ma vie, cette toile ne m'a pas quitté. Sans me consoler d'avoir perdu *La Dormeuse.*

Dernièrement, je l'ai terminée, comme le tombeau de mes années de jeunesse. Je l'ai achevée. J'ai alourdi les bras, changé la pose, plombé le fond, ajouté dans ses mains une urne qui ressemble à un ornement de cimetière. J'ai modifié la tête pour qu'il ne reste plus qu'un regard sous un masque. J'ai maquillé ce qui aurait pu être mon chef-d'œuvre. J'ai fait un faux tableau d'Ingres. Ne suis-je pas le mieux placé pour exceller en cet art ? Amaury m'a dit qu'il ne comprenait pas, ce qui ne me surprit guère. Mes élèves n'ont jamais su faire un faux Ingres. Ces ingristes comme ils disent, n'ont été que des ingrats, même pas capables de me copier correctement. Mais Amaury a ajouté que la toute première fois où il avait vu l'esquisse inachevée, dans mon atelier, il avait cru se trouver en présence du seul tableau que l'on aurait sauvé du plus grand peintre de la Grèce, Apelle, le favori du grand Alexandre. Le compliment m'a plu.

Il m'a dit, devant *La Source,* que j'avais saccagé ma jeunesse : je ne lui ai pas répondu. Il ne savait pas à quel point je la haïssais encore quand il me disait cela, elle qui était venue me démolir ; mais c'est de leur faute à eux tous, mes élèves, mes rivaux, mes ennemis, mes femmes, le Joseph de la *Méduse,* les romantiques et les classiques, eux qui m'ont si vite obligé à devenir vieux.

Aujourd'hui, je suis vieux pour de bon. À mon âge, on ne joue pas, je le vois, avec les attachements, sans en ressentir beaucoup de regrets. J'aimerais retourner à Naples. Je pourrais y chanter des romances. Paris chercherait monsieur Ingres. On dirait : « Il fait le violoneux dans les mariages à Naples et module des tarentelles sur les pentes du Vomerò. » Si j'avais le courage, c'est ce que j'aurais de mieux à faire. Qui me rendra le Pausilippe ? Seul, avec une petite malle, quelques chemises, attendre là-bas de mourir. On ne m'y reconnaîtra pas. Il n'y aura personne pour m'y fermer les yeux. Personne non plus qui se souvienne du jeune homme que j'étais, entre le palais royal et la promenade de Capodimonte. Plus que Rome, plus que Florence, j'ai aimé Naples. À Rome j'ai aimé Raphaël, à Florence Masaccio, à Naples, j'ai aimé. Ce fut la seule fois.

Le pape Léon XII nous a rendu vraiment de beaux services ! Que l'histoire l'oublie, ce pontife du temps de mon second séjour. La divine *Vénus* du Capitole a été enfermée dans un cabinet, comme les femmes de mauvaise vie à San-Michele ; il faut une permission pour la voir. Il faut d'ailleurs des permissions pour tout. À Rome aujourd'hui, les énormes feuilles de vigne couvrent les statues, hommes et femmes ; les lieux publics sont barricadés de serrures ; on badigeonne toujours. Enfin, de ce côté Rome n'est plus Rome. Les monuments de ma jeunesse vieillissent, les fresques ont des cheveux blancs. Cela fait mal à voir. Les cérémonies sont un peu moins belles : plus de peuple pittoresque, ni au-dedans ni au-dehors ; partout des manches à gigot. Tout s'abâtardit ; mais, malgré cela, les têtes en 1835 étaient encore de toute beauté ; le ciel, le sol, les fabriques, admirables, et par-dessus tout, Raphaël, éclatant de génie, être divin descendu chez les hommes : ce qui fait qu'en somme, Rome est encore supérieure à tout. Paris vient après.

J'ai pris Paris en détestation. Je le quitterai sans regret. On abat tout. On construit des « immeubles de rapport » dont les proportions sont fausses. Les apôtres du laid en ont fait leur chantier. J'entendais un maître des requêtes du Conseil d'État dire, triomphant : « Je hais le beau, sous toutes ses formes. Je n'ai jamais mis les pieds dans la galerie du Louvre. » Il avait l'air d'aimer pourtant la littérature, et la musique, et tout ce qui est *agréable.* Il en restait à l'agréable et à l'utile, justement parce que le beau fait peur. On n'ose plus s'avouer que l'on a plaisir à voir la beauté. La laideur fascine, et réconcilie : du beau, on peut parler, sur le laid, on s'accorde. Décider, avec messieurs les romantiques, ou du moins ceux qui se font appeler ainsi, que le beau, c'est le laid, revient à mettre tout le monde de son avis. Reste à trembler, à s'épouvanter en chœur. Paris suscite l'admiration du Turc, de l'Américain et de l'Espagnol : tout y est désormais d'une égale laideur. Naples, je crois, n'a pas changé et il me semble que, plus qu'à Rome ou Florence, je m'y retrouverais. Je crois sentir encore les herbes du jardin en face de la maison. Ces images de notre rencontre seront celles que j'appellerai au secours quand je me sentirai mourir. Je n'ai jamais été très chrétien. Malgré mon grand *Vœu de Louis XIII* et le martyre de mon *Saint Symphorien.* Ces images seront mon dernier sacrement. Ces parfums, mon odeur de sainteté. Les fleurs de Parthénope, celles dont je voudrais qu'on fleurisse ma tombe. Naples, mon repos et ma brûlure.

Je ne vis pas dans le bonheur à Paris. Cependant, j'y resterai jusqu'au dernier jour, je le crains. J'ai repris le commerce de la vie amicale, mais très retirée. Je suis désenchanté de tout, excepté de la musique, la paix intérieure, et quelques vieux compagnons : peu, bien peu.

La dernière image que j'ai d'elle est, hélas, une vision de Rome. À Rome, je suis revenu, j'ai habité à nouveau, entre 1835 et 1841. Tout était mieux que Paris. Mais à Naples, je n'ai pas osé.

*

Elle est morte d'un coup. Elle avait bu de la mauvaise eau. Je ne l'ai pas vue disparaître. Elle ne dépensait rien de ce que je lui donnais, pour l'envoyer à ses parents à Naples. Elle n'était jamais allée chez ma *locandiera*. Elle vivait dans un bouge et je ne l'appris que le jour où l'une de ses compagnes qui y logeait aussi vint me chercher pour me dire qu'elle était morte dans la nuit et que je devais prendre les funérailles à ma charge. Elle avait déjà fait venir le croque-mort et commandé le corbillard des pauvres, sans plumes blanches ni larmes d'argent, qui rendent si beaux d'ordinaire les enterrements romains. Je me reprochais tout. J'aurais dû la tenir prisonnière à l'atelier. La convaincre de vivre avec moi. Vaincre ses passives résistances. Ne pas me dire que j'avais le temps. Renvoyer à Guéret la petite modiste. L'épouser. Me laisser aller à l'aimer. Ne plus m'en séparer. J'avais été pudique et lâche. Je criais à réveiller la nuit tous les morts de Rome.

Je ne voulus pas la revoir. Je n'allais pas faire déclouer le cercueil. Je me rendis dans la maison pour vérifier que tout se passait correctement et acquitter l'homme de l'art. Je choisis l'église – pour la vue de Rome que l'on avait depuis ses marches, et que je lui avais montrée le premier jour de notre arrivée.

Ma douce dormeuse, je t'ai revue chaque jour depuis, en entrant dans mon atelier. Ta voix me manque plus que tout.

Dans San Pietro in Montorio, la *Transfiguration* de Raphaël faisait défaut. Elle se voyait alors au Louvre qui, sous le nom de Musée Napoléon, était un temple dédié à toutes les muses de l'Europe, temple voué au Beau plus qu'au culte de Mars. On y avait mis tous les tableaux des Pays-Bas, d'Espagne et d'Italie. Je me souciais peu des armées de l'Empire, mais elles nous avaient donné l'Italie, Murat et la reine Caroline. Elles m'avaient donné ma dormeuse. J'étais allé voir au Louvre, tant que je pouvais, *La Madone à la Chaise,* le chef-d'œuvre de mon Raphaël, que je connaissais depuis l'enfance par une copie qu'avait Roques, mon premier maître à Toulouse. Je me redisais cela pour ne pas pleurer tout de suite. J'avais refait pour moi les autres chefs-d'œuvre de Raphaël avec la même piété, dont la *Transfiguration.* J'en voyais la trace blanche ici, sur le mur noirci par la fumée des cierges. C'était bien une transfiguration qui allait se jouer à cette place.

L'église vide avait l'air d'une de nos nefs désaffectées du temps de la Révolution. Seul le cercueil au centre indiquait que l'on y célébrait encore un culte et que la messe serait dite ce matin. Je n'osais pas m'avancer, ni prier, ni m'agenouiller, ni sortir. Pas de famille, pas d'amis. François-Marius était reparti pour Paris. Je ne l'eusse pas prévenu s'il avait été là. À Rome, elle ne connaissait que moi.

J'ai eu un peu d'audace, sachant qu'on ne me voyait pas. J'avais peur, derrière un pilier, d'apercevoir d'un coup Madeleine, déguisée en porteuse d'eau du Janicule. Je me suis approché. J'ai posé mes mains devant moi. Et j'ai embrassé de mes lèvres le coffre qui contenait ce corps que je n'avais pas étreint.

Paris, 1861.

II

VUE DES JARDINS FARNÈSE

(Rome en 1825)

Je ne veux pas parler de mes amours, ni de celles des autres. Je ne sais pas écrire, pas plus que je ne sais parler. Je partage cela avec monsieur Ingres qui bafouillait toujours. C'est une des rares choses que j'aie en commun, à vue de pays, avec ce grand homme raffiné. Il n'a pas fait beaucoup de paysages, je n'ai pas trop aimé peindre des baigneuses, même si, une fois... Mais il faut que je m'applique à raconter, et je ne sais pas très bien par quel commencement prendre les choses.

Dans ces conditions, cher lecteur, s'il y en a, je vous sens tenté de refermer le cahier que j'ouvre aujourd'hui. Un bafouilleur bavard, un campagnard qui n'a rien à dire s'apprête à ouvrir la bouche. Gare ! Je ne serai pas bien long. Ce que j'ai à expliquer avant de mourir ne nécessite pas trente pages. Une dernière petite esquisse, un croquis, une étude, un petit morceau de carton peint en deux heures, mais que je tiens à laisser derrière moi. Je me lance.

Je veux raconter comment, à force de faire des paysages, je me suis mis aux figures nues.

C'est d'une limpidité biblique quand je l'écris ainsi, cela nécessite explication. D'autant que ceux qui me lisent n'ont peut-être pas vu mes tableaux, ou, s'ils en ont vus quelques-uns aux expositions, ne les ont peut-être pas remarqués. Car c'est mon idée de faire une peinture que l'on ne remarque pas trop. Je laisse un peu ma pipette refroidir à côté de mon encrier. Soyons clair : comment, moi qui n'avais aucun goût pour l'étude classique de l'« académie », les exercices d'après moulages en plâtre, puis, quand on le mérite, d'après de grotesques hercules de foire à la moustache en croc, comment donc l'envie me prit-elle de peindre des femmes nues ? Si j'en ai mises dans mes paysages, c'est parce que je ne suis jamais parvenu à peindre, seule, une femme qui me plaise vraiment, et dont j'ai, dans ma caboche, une idée bien précise. Il paraît que c'est souvent comme cela. Alors, faute de mieux, j'ai brossé des *Idylles*, avec des nymphes roses et blanches qui dansent dans la brume des bois – comme dans les poésies de Chénier, qui m'ont toujours émerveillé et qui sont si parfaitement démodées aujourd'hui.

Pour y mettre des nus, j'ai changé ma manière et je m'en suis bien trouvé. J'ai obscurci mon soleil, noyé mes arbres dans le clair-obscur et nimbé mes visages de pudeur. Les draperies sont tombées peu à peu. Pour bien faire, je me suis mis à lire l'*Imitation de Jésus Christ* et à me prendre pour saint Vincent de Paul. Je m'échine à faire le bien. Je signe sans broncher tout ce qui n'est pas de moi et qu'on me présente, des paysages faits par l'honnête Trouillebert et de bien pires encore, s'il s'agit de secourir une misère. Quand c'est « une misère cachée », je me régale. Ce sera le double de jours d'indulgence selon mon imbécile de confesseur – qui prend un air navré pour m'annoncer que j'ai gagné quinze jours de Paradis. Je m'amuse bien. Il tient les comptes de mon purgatoire. Je résiste assez à la tentation, je me dis que je ne vais pas, pour si peu, pour peindre une femme en tenue d'Ève, entamer mon crédit d'indulgences. J'ai fait voir, parmi les premiers, qu'un paysage n'avait pas besoin d'être peuplé de Romains casqués et de jeunes Grecques en gaze pour être montrable. Que le Bon Dieu n'avait pas créé la nature pour servir de cadre aux infortunes de Niobé. En quoi consistait, dans ma jeunesse, le métier de paysagiste ? On avait eu une indigestion, depuis la Révolution et l'Empire, de bonshommes en sandales qui semblaient ne construire, en fait d'architecture, que des ruines et ne jardiner qu'avec du lierre, du laurier et des narcisses. Maintenant c'est fini, les acanthes ont été mises en salade. On fixait des premiers plans bitumineux, denses et noirs comme les forêts du nouveau monde, avec d'épaisses frondaisons, des souches arrachées, des troncs bien sombres pour donner à tout cela une profondeur digne des dioramas des foires. Dans le lointain, on répandait une couleur qui se voulait reprise du Lorrain – que l'on aurait gagné à mieux regarder. Lui sait donner envie de rester quelques instants encore, dans la campagne, pour voir se coucher le soleil. Avant de partir dans les forêts, j'ai fait mon miel de ses tableaux : pas de mise en scène de théâtre, pas de chic, mais la poésie du soir et des ciels où ne vont pas tarder à apparaître les étoiles. J'ai soigné mes études au point d'en faire des œuvres. Tantôt rien que de l'architecture, sans un passant, sans femme à la fontaine, tantôt rien que des arbres et du vent. Des tableaux bleus pleins de nuages. C'est la probité de notre art, le reste n'est que de l'effet. Tout ce que l'on ne montrait jamais, qui restait à décorer les ateliers, je l'ai fait circuler. J'ai prêté à qui mieux mieux mes travaux d'Italie, mes petites pochades faites pour m'exercer, dans l'exaltation, l'euphorie de mon jeune temps, et qui valent bien mieux que mes vrais tableaux. Tous mes rivaux les ont vues. Tous mes imitateurs s'y sont mis, même des dames. On a trouvé cela assez fort.

J'ai peint plus de cent fois la campagne de Rome, sur le motif ou de souvenir, parfois à partir de dessins au retour de mes promenades, comme je l'ai vue, telle que je voulais l'emporter dans mes malles. Je n'ai jamais été si enthousiaste. J'imaginais, en voyant un vallon ou une ferme blanche et rouge, les souvenirs que j'en garderais. Je me réjouissais d'avance de ma vieillesse. L'énergie me venait des cailloux, des fleurs embaumantes, de mille lumières dont je m'enchantais. J'observais tout derrière moi, je revenais sur mes pas. J'ai détaillé des arbres aux branches fines et des nuages transparents, j'ai travaillé pour les petits oiseaux. Nos réalistes se sont engouffrés. Et maintenant, je m'offre le luxe de leur coller des nymphes, des centaures et des divinités des sources. Je ris. Mon confesseur en tremble. Le vieux père Corot devenu païen? Alors je lui rappelle que les bigotes prient en rangs serrés devant mon

Baptême du Christ à Saint-Nicolas-du-Chardonnet. Parce que j'ai aussi su faire cela. Je ne suis pas plus bête qu'un autre. Je me suis appliqué. L'ange a la tête de mon petit-neveu. L'eau du Jourdain étincelle. Je fais comme ma mère qui changeait les rubans de sa vitrine : je donne le ton, dans ma partie. La jeunesse approuve ma seconde manière et mes tableaux, au Salon, plaisent assez. Monsieur Zola, que j'ai rencontré une fois, un journaliste qui a un cheveu sur la langue, l'œil brillant et une belle barbe noire, a même écrit la semaine dernière : « Si M. Corot consentait à tuer une fois pour toutes les nymphes dont il peuple ses bois, et à les remplacer par des paysannes, je l'aimerais outre mesure. » Qu'il attende ! Qui peindrait mes rêves ? Il faut bien que je m'en occupe.

Je ne peins donc plus du tout aujourd'hui, dans mon atelier de la rue Paradis-Poissonnière, comme j'avais décidé de le faire lors de mon installation à Rome en 1825. Ce serait trop triste si les peintres n'avaient qu'une vie. Il faut montrer que l'on peut changer, devenir un autre artiste. Je ne renie rien de ce que j'aimais dessiner aux jours passés, et je garde à l'atelier des études datant de mes premiers voyages. Pour que l'on comprenne bien ce qui m'est arrivé, comment la farandole infernale des nymphes en soieries transparentes est venue danser son sabbat autour du brave petit vieux que je suis, je dois reprendre *ab initio*.

Tout est parti d'une certaine *Dormeuse de Naples* que monsieur Ingres avait achevée en Italie du temps de l'Empire et que j'eus la chance, un jour, d'approcher, alors que tous la donnaient pour perdue. Ce jour-là, je ne pensais pas à rire. J'étais pincé.

Je ne parle pas d'amour, mais seulement de peinture. En vérité, pour moi, ce fut la même chose. Mes tableaux montrent ce que j'aime. Je les ai faits contre les peintres qui veulent montrer ce qui est. Ce tableau-là, je crois que ce fut l'inverse, je l'ai un peu aimé d'amour. Voilà, c'est écrit. C'est un peu bref, et ridicule, d'autant que je n'admire pas vraiment monsieur Ingres. Il m'embête assez, pour tout dire. Même si lui aussi sut changer, et ceux qui disent qu'il a peint toujours la même chose n'ont pas été assez attentifs. Jamais aucune toile ne m'avait fait pareil effet, jamais aucune femme non plus.

J'ai peur qu'elle n'existe plus. *La Dormeuse de Naples*, qui peut aujourd'hui dire où elle est, et si je la reverrai avant de disparaître ? J'ai cru la revoir, mais était-ce bien elle, ridée, vieillie ?

J'ai pensé tomber une seconde fois amoureux, dans ma vieillesse. Je n'y songeais plus. L'histoire recommençait. Mais allons dans l'ordre. Je vais expliquer cela, en n'écrivant que les faits, sans me perdre en romances. Vous jugerez.

*

J'avais vingt-neuf ans, je découvrais Rome, sous une pluie battante. J'étais logé au Palazzo dei Pupazzi, non loin de la place d'Espagne, dans un mauvais quatrième étage mais qui me procurait ce qu'il y a de plus précieux, une « vue », un rectangle de nature accroché au mur. Le premier jour, ce fut assez décevant : il fallut fermer les volets et trouver une bassine en tôle pour recueillir l'eau. Naïf adorateur de la lumière, je ne me souciais pas des maîtres. Je ne suis allé voir ni Raphaël ni Titien, ni les antiquailles du Vatican, ni cette pièce montée qu'est Saint-Pierre, je me suis rattrapé depuis, mais je sortais alors de la boutique de modes de ma mère, dans l'obscurité de la rue du Bac – « Chez madame Corot, modiste », j'avais peint l'enseigne – et, à force d'y avoir vu tant de chapeaux, j'avais envie de soleil. J'ai attendu trois jours que la pluie cesse. Mon père était perruquier, le dernier à faire encore la perruque poudrée. Cela aurait donné à n'importe quel jeune homme l'envie d'aller nu-tête.

Je partais dans la campagne, avec mon vieil ami Baehr en compagnie duquel j'avais voyagé depuis Paris en passant par Genève, avec Édouard Bertin ou Caruelle, qui se faisait appeler Caruelle d'Aligny, autres amoureux de l'art du paysage. Fidèle à mon vœu, jamais de chapeau, le soleil me tapait sur la caboche, ce qui peut expliquer la suite de cette histoire.

Nous apprenions à connaître ces noms de Terni, Civita Castellana, Papigno, des villes et des villages qui devenaient nos œuvres. On les avait construits exprès pour nous. Les auberges grouillaient d'artistes et de puces. Nous montions des expéditions de conquête qui duraient parfois un mois ou deux. Quand nous n'avions plus de couleurs, nous retournions en acheter à Rome avant de repartir. Je voulais saisir par l'étude tout ce qu'il y a de fugitif, les nuages, les ombres qui tournent sur les murs ; et la perspective aérienne, le sommet de l'art du paysage, car elle ne tient à rien. Faire voir que le ciel s'éloigne quand on regarde l'horizon. C'est simple à dire, mais prenez un pinceau et essayez donc. Puis, vous verrez si vous pouvez donner du relief à des nuages sans qu'ils aient l'air d'être sculptés dans le marbre de Carrare.

Je n'étais donc pas intéressé par la figure. J'étais comme un artiste mahométan à qui sa religion interdit les visages. Je m'y exerçais en secret – j'ai toujours, contrairement à Ingres et à Delacroix, été parfaitement incohérent –, comme il se doit, mais sans goût et sans exceller. Dès que j'avais raté un portrait, je m'empressais de réussir au moins sept études de paysage. Je choisissais dans la campagne des morceaux qui ne disaient rien au voyageur, aux perfides Anglais collectionneurs de « vues » pour mettre de la couleur dans leurs manoirs où même les fantômes sont gris ; on en avait assez de ces « Cascatelles de Tivoli », de ces « Temple de la Minerve » et autres « Grottes du Pausilippe » ; depuis cinquante ans, on ne sortait pas de là. Il y avait même une maison au bord du Tibre que l'on appelait « la fabrique du Poussin » parce que déjà le grand maître la mettait souvent dans les paysages qu'il composait. Tous s'y exerçaient, l'Italie recueillait les médiocrités de l'Europe, depuis les plus simplets des Danois et des Russes jusqu'à ce bellâtre aquarelliste de Granet qui se prenait pour un maître. Les peintres se mettaient aux mêmes endroits que leurs devanciers, sans même espérer faire mieux qu'eux. C'est que cela se vendait. Le sommet, c'était bien sûr le « paysage historique » : on faisait semblant de raconter une histoire, « Didon laissant interrompue la construction de Carthage » ou « Psyché, Pan et l'Amour », « la continence de Scipion », « le testament d'Eudamidas », repris vaille que vaille du Poussin, petites silhouettes en papier mâché qui occupaient le premier plan, et derrière, on assemblait une montagne prise là, des rochers copiés ailleurs, deux ou trois ciels au choix selon les heures du jour. On pouvait s'aider de manuels : cent pages d'arbres, dix pages de sources, cinquante de fabriques et de petits temples, une falaise ou un chaos de rochers pour varier un peu. Toute la science du paysage consistait à combiner au mieux ces modèles, comme on construit un décor de théâtre ; au premier plan un portant plus sombre, un plan moyen en pleine lumière, le fond dans une brume de bon aloi. Comme dans les mauvais théâtres, on n'avait pas tant de décors en magasin ; la même fontaine resservait de « Théagène et Chariclée » à « Orphée poursuivi par les femmes de Thrace ». Autant se mettre au point de croix ou à la dentelle. J'avais envie d'autre chose. Peu m'importaient les sujets. J'ai commencé par peindre la vue de ma fenêtre : des toits, des cheminées et la coupole de Saint-Pierre qui avait l'air de s'y trouver perchée par hasard.

Je n'étais pas le premier. Mais pour les autres, c'étaient les gammes, et des tableautins indignes d'être montrés. Cette vue de ma fenêtre, j'y tenais comme à la prunelle de mes yeux. Je l'ai toujours avec moi.

La vie des peintres de paysage, à Rome en ces années, me parut heureuse. On ne retrouvera pas ailleurs ce mélange d'Anglais, d'Allemands, de Russes, de Français, de Nordiques et d'Américains. Nous faisions un Congrès de Vienne du paysage. Caruelle d'Aligny jouait le rôle de Talleyrand et demandait à chacun de se faire envoyer un fromage. Ernst Fries voulait m'apprendre l'allemand et dessiner mon portrait. Je lui laissais faire la seconde chose. J'ai oublié le nom du Russe qui parlait latin avec l'accent de Pétersbourg. Les Espagnols peignaient pendant la nuit. Un Anglais illuminé voulait des paysages « cosmiques ». Nous nous amusions bien, même si je me mêlais assez peu.

Je ne demandais rien à personne. J'avais la paix. Ma mère restait rue du Bac à vendre ses rubans, mon père chassait tous les dimanches, ils m'envoyaient un peu d'argent. Ils étaient loin. Je les avais déçus. J'en prenais mon parti. J'ai toujours été un propre à rien. Ils m'ont toute leur vie eu à leur charge. Même quand on a commencé à acheter mes barbouillages, ils m'ont continué leur pension. Mon père l'a même augmentée en cachette de ma mère quand j'ai eu la Légion d'Honneur. Le pauvre homme, il avait d'abord cru que c'était pour lui, le plus honnête des commerçants de Paris. Comme le ruban aurait bien fait sur sa redingote. La garde nationale aurait présenté les armes à son passage. Il a cru que le gouvernement devenait fou de donner la croix au grand fils imbécile de cinquante ans qu'il était encore obligé de nourrir. Pourquoi pas le faire amiral. Puis, il a été fier, sans trop comprendre de quoi. En attendant, j'avais vécu comme je voulais. Je n'en avais fait qu'à ma tête. C'est cela qui compte. Je m'étais organisé la petite nullité de mon existence. Mon seul bonheur, c'est un rectangle de papier sur lequel je peux écraser un pinceau bien gras, le nez sur la couleur, et la regarder se répandre. Attaquer par le centre, estomper, ajouter des taches blanches, minuscules, prendre du recul, laisser, retravailler ailleurs, le carnet sous le bras. Voici la petite surface du monde que je contrôle, le domaine sur lequel j'ai pouvoir, le rectangle de carton qui échappe aux parents Corot. Je sais exactement où je dois placer une touche de pâte blanche sur une balustrade pour que le soleil l'illumine. Je sais dans quel sens doivent naviguer les nuages pour donner du relief à la colline au-dessous d'eux. Je sais à quelle heure l'ombre verte de la colonne de Phocas touche l'architrave dorée du temple de Saturne. À Rome, je n'aurais rien souhaité d'autre que rester dans mon coin avec ma palette et ma boîte, à laquelle j'avais fixé une sangle pour la prendre en bandoulière, partir à pied dans la campagne et trouver un sujet par jour. Ouvrir mes carnets, tailler mes crayons. Sortir mes pinceaux de leur carquois. Le soir à l'auberge, retravailler tout cela, le lendemain à la même heure se replacer au même endroit, attendre que la lumière soit identique, et retravailler encore jusqu'à ce que le sentiment soit juste. J'étais si tranquille. Mais il fallait bien fréquenter les autres, participer aux concours de fromages ; je ne pouvais pas rester comme un ours. Le brie de Meaux gagnait à chaque fois.

Baehr s'était intégré à la société de Rome et rendait des visites en ville. Il m'entraînait au *caffè* Greco, je finis par connaître du monde. Pour lui faire plaisir, je traînais de plus en plus souvent dans les ruelles autour du Panthéon, mais j'aurais préféré être chez moi à peindre.

Rome se partageait alors entre plusieurs sociétés secrètes. C'était la ville la plus dissimulatrice qui se pouvait voir. Tous les Romains s'habillaient couleur de muraille. On complotait universellement. Les artistes ne faisaient pas exception, l'esprit rapin en plus. Ce n'étaient ni la maçonnerie ni la charbonnerie, qui étaient choses sérieuses, dont on avait peur, mais des sociétés pour rire et pour boire qui se donnaient des airs de conspiration. Il y avait l'Académie chocolatine et la confrérie des porteurs d'eau chaude. Je fus initié, parrainé par Caruelle d'Aligny, à la plus muséophilique de toutes, la « Société antonine », qui comptait déjà, me dit Caruelle, bon nombre de peintres dont il m'énuméra les noms. Édouard Bertin avait été initié à son précédent voyage et faisait figure d'ancien. Je fus fier de l'honneur, grisé par la cérémonie qui me parut calquée sur celle qui fait de monsieur Jourdain le Mamamouchi que l'on sait. Mais le but de l'association était sérieux, un peu païen, quoique sans grand danger pour l'âme. La Société antonine prescrivait à ses membres la lecture du *Manuel* d'Épictète. Imaginez avec quelle peine je m'attelais à la tâche – avec deux traductions différentes. Une fois l'ouvrage digéré, ce n'était rien. Essayez un peu de vivre selon le *Manuel* d'Épictète. Je voulus m'y mettre, je trébuchais au bout de cinq jours, à moitié mort de faim, perdant le sommeil, harcelé de désirs insoupçonnés qu'avaient fait naître dans mon pauvre corps mille privations saugrenues. Je n'ai pas recommencé. Pourtant, cette farce en forme de turquerie fut l'origine du bonheur de ma vie. Ce fut mon sacre de Napoléon.

Caruelle me conduisit de nuit dans d'anciennes excavations où un groupe d'hommes en masques noirs, à l'ancienne mode de Venise, nous attendait, armés de lampes sourdes. L'entrée ressemblait, les fumigations en moins, à l'antre de la Sibylle. Une odeur de laurier-sauce s'y répandait. On ne me banda pas les yeux. Le Maître, qui prononça en allemand quelques paroles inintelligibles pour moi, avec des accents de mélodrame, me confia à celui qui devait me conduire dans le sanctuaire. Sans un mot, dans une sérénité de cathédrale, je vis s'avancer, yeux riboulants et rictus de tueur à gages, mon psychopompe. Le Grand Maître disparut dans un nuage d'encens bleuté. Mon nouveau guide, sous ses dehors malcommodes, se fit la meilleure pâte du monde. Il parlait parfaitement français, avec l'accent de Marseille; c'était un noir des Antilles qui avait vécu, durant les années précédentes, à Paris. Des noirs, je n'en avais jamais vu. Costumé comme un Mameluk, au prix d'un curieux à-peu-près historique et géographique, le cimeterre au côté, celui-ci semblait s'être entortillé dans les rideaux d'un salon de mauvais goût. L'homme était de proportions colossales, aussi le fils de marchande de nouveautés que je suis n'osa-t-il pas lui faire la moindre remarque sur son style d'élégance. Il avait l'air plutôt bavard et décidé à faire connaissance. Son sabre, toutes ces pendocheries d'oripeaux me rendaient circonspect, et je mimais le mutisme des néophytes impressionnés d'approcher de redoutables mystères. Il me dit qu'il s'appelait Joseph, comme le très-chaste époux de la Sainte Vierge, comme le conseiller du cardinal de Richelieu, comme feu l'empereur d'Autriche, et qu'il avait bien connu quelques peintres. Je ne lui demandai pas lesquels. Je craignais qu'il ne commençât les anecdotes : je n'avais guère fréquenté de peintres à Paris, lui non plus sans doute, il fabulait pour se faire écouter, et la conversation aurait été difficile à soutenir. Il parlait pour deux, enchaînant sur la campagne d'Égypte qu'il n'avait pas dû faire. Il me fatiguait. Je sentais le bavard depuis le début. Je voulais bien être initié, mais pas faire la conversation avec ce Roustan de carnaval. Et puis, je ne sais pourquoi, malgré la farce, il me faisait impression. Je l'imaginais assez bien sacrifiant des chats. Il me regardait avec l'intensité d'un magicien prêt à me faire disparaître. Je traversais avec lui une suite de salles creusées dans le roc, plongées dans l'obscurité. Je tremblais, mais c'est qu'il faisait un froid de glacière dans ces vieilles carrières. J'étais au royaume des Ombres. Nous arrivâmes dans une chambre qui singeait les palais d'Orient : lourds tapis turcs, narghileh dont les vapeurs me firent tousser, plateaux de cuivre repoussé comme dans les bazars, murs tendus de papier peint qui imitait le cuir de Cordoue, un tonneau, des lampes de sanctuaire rouges et blanches achetées chez le fournisseur du pape. On avait ménagé dans cette caverne de voleurs, une sorte de petite tribune de velours, un musée d'art. Dominant le tout, un buste de Marc Aurèle en plâtre, au nez cassé, éclairé à la bougie noire. Sur le papier peint, toute une collection de tableaux ridicules : Achille et la tortue, le profil fuyant de La Fayette en émigration, des caricatures anglaises contre le pape, une *Mise au tombeau* d'après Raphaël, une Cascatelle de Tivoli – où n'y en a-t-il pas? –, des dessins obscènes... Tout avait un sens scabreux que m'expliqua Joseph avec sa verve du vieux port :

« Voici le grand éspectacle géographicophilosophique de l'Histoire du Genre humain racontée, du point de vue cosmopolitique, par la peinture et la gravure. Attention, je commence... Napoléon le Grand est mort à Sainte-Hélène. Il s'était marié deux fois. Ce portrait est celui de sa seconde femme, l'Impératrice autrichienne qui s'est trouvé depuis un amant borgne et chauve. Mais je veux te montrer une encore plus belle femme, ni blonde ni brune ni rousse, que l'Empereur n'a pas eue dans son lit, ni moi non plus. Elle a été coloriée par un peintre que j'ai connu, figure-toi, moi Joseph, quand je demeurais à Paris. Ce tableau, il est à moi, et je permets, au nom de l'honorable Société antonine, que tu le vénères. Tu vas voir, c'est tapé. »

Je n'ose écrire ici les commentaires salaces qu'il ajouta, et sur le modèle et sur le peintre. Ce Joseph avait son franc-parler. Il me montra enfin le seul vrai tableau que l'on cachait ici. Au fond, se trouvait une niche, avec un rideau rouge. On se serait cru dans une maison de rendez-vous. Mon cicérone noir écarta d'un coup le voile en tirant sur un cordon. Le tableau, sans cadre, apparut, posé sur le damas pourpre.

Ce fut la seule fois où je me suis trouvé devant *La Dormeuse de Naples*; elle me parut prodigieuse. Elle était signée en petites lettres bleues ombrées de noir :

J. A. D. INGRES FACIEBAT.

Une femme, au corps souple et sec, à la lèvre fraîche, une peau que l'on sentait douce, un parfum qui, croyait-on, remplissait l'air tout autour d'elle. Pas d'idéalisation, pas d'invention : une femme réelle, avec une petite tache brune sur le mollet. Les détails les plus intimes s'y voyaient. Jamais un peintre n'avait aussi franchement osé cela. Le nu le plus nu qui se puisse. La réalité même. Le contraire de la grande *Odalisque*, cette orientale parisienne à laquelle personne ne peut croire, et qui ne m'a jamais ému, si ce n'est par le bleu des étoffes sur lesquelles Ingres l'a placée. Pourquoi appelait-on celle-ci *La Dormeuse*? Sa pose alanguie, ses mains derrière elle, dans ses cheveux, montraient-elles qu'elle s'éveillait? Je ne crois pas. Elle ne semblait pas dormir, ni s'y préparer, ni rêver, avec ses yeux ouverts et qui regardaient droit. Cela aussi vous saisissait. Un regard franc, un peu triste, nullement las, qui ne dissimulait rien. Ses cheveux – Joseph ne mentait pas – noirs avec des reflets roux, lui donnaient curieusement un visage de blonde. La bouche grande et sans sourire, la tête un peu plus colorée que le corps. Un visage d'adolescente qui se promène sous le soleil. Mon soleil de Rome. Elle vous fixait, comme si elle n'avait pas été nue. Je voulus savoir si l'on identifiait le modèle, et ce qu'elle était devenue. Saint Joseph le Maure, en bâillant, me répondit qu'elle était morte à Rome. C'est du moins ce qu'il fallait croire, continua-t-il *mezzo voce.* Mais la véritable histoire, ajouta mon cicérone, baissant encore la voix, qui expliquait que l'on ait ainsi dissimulé *La Dormeuse,* c'est que l'on disait qu'elle représentait la reine de Naples, Caroline Murat, née

Bonaparte comme nul ne l'ignore. « Et tu sais bien que Napoléon le Grand couchait avec sa sœur Pauline, mais jamais avec sa sœur Caroline ni avec sa sœur Lisette. D'où l'expression : pas de ça Lisette. » Jamais entendu cela, mais la phrase m'est restée en souvenir de Joseph le Maure. Le scandale causé par le tableau avait été grand, mais la révolution parthénopéenne et la chute de Napoléon avaient fait plus de bruit encore sur la face du globe, et l'on n'avait plus parlé de cette affaire. Quand Canova avait sculpté Pauline Bonaparte, l'autre sœur, sur laquelle Joseph avait des lumières que l'Histoire n'a pas, nue, en « Vénus Victorieuse », on n'avait pas trop hurlé, le prétexte antique y était – et quand on avait demandé à la princesse si cela ne l'avait pas gênée de poser ainsi, elle avait spirituellement répondu : « Il y avait du feu dans l'atelier. » Plus personne n'avait rien osé dire. Le tableau de ma Vénus dormeuse, saisi au palais par l'émeute, était sans doute entré alors dans le butin de notre société antonine. C'est du moins ainsi que je reconstitue ses pérégrinations. On m'a dit ensuite, quand j'ai voulu, des années plus tard, retrouver trace du tableau, qu'il en existait une seconde version. Mais peut-être a-t-on confondu. On l'aurait vue dans l'atelier de Géricault, puis dans la maison de monsieur de Balzac, rue Fortunée. Mais je ne crois pas cela possible. Géricault devait détester Ingres, et Balzac ne fut jamais assez riche pour acquérir un tableau de lui. Il se contentait d'écrire au charbon, dans sa maison de Ville-d'Avray, devant laquelle je suis passé, dans des cadres vides, « Ici un superbe Raphaël », « À cette place, mon beau Giorgione ».

Il collectionnait comme il écrivait ses romans. Et puis surtout, Ingres n'aurait pas osé faire deux versions d'un tel chef-d'œuvre. Ou alors, n'était-ce pas la vraie *Dormeuse de Naples* que l'on me montra à Rome en 1825? Peu m'importe, la seule *Dormeuse de Naples* que je veuille conserver se trouve dans mes souvenirs et je la regarde quand je veux. Il me suffit de fermer les yeux.

C'est ce que je fis, au moment même où la contemplation cessa. Vêtus de bure et brandissant des torches aveuglantes, dix hommes entrèrent dans la pièce. Le conseil des Dix de l'ancienne république de Venise, avec des poignards comme dans l'*Angelo tyran de Padoue* que Victor Hugo écrira ensuite. La France importait son Italie en Italie. Ils firent cercle en un instant. Le rideau rouge retomba. Ils chantèrent en grec ou en chinois une chanson à boire dont je ne compris pas un mot, relevèrent leurs capuchons. Le tonneau fut en perce. J'étais des leurs.

Peu m'importait de devoir vivre désormais dans Rome comme un empereur de la dynastie des Antonins. J'étais peintre, peu philosophe, humaniste de village, initié à des mystères qui me procuraient les amis que je me serais faits de toute manière. Il n'y avait pas de quoi inquiéter la police du Pontife, qui devait d'ailleurs peu se soucier de ces artistes conspirateurs en robes de chambre dans les carrières. Nous n'avions même pas sacrifié de chat. On ne m'avait pas coiffé du turban vert. Je n'avais pas reçu de pantoufles pointues. J'étais un peu déçu. Restait *La Dormeuse*, choisie, je ne sais par qui, par le Grand Maître ou par Joseph le Maure, pour être le moment le plus captivant de l'initiation. On ne devait pas la voir comme une œuvre d'art, mais plutôt lui donner quelque sens égrillard – qu'elle n'avait pas, même dans ce redoutable environnement. C'est elle qui, selon un vrai rite antique, à l'insu de mes commensaux de théâtre, avait fait de moi un homme. Un frère en sommeil amoureux.

On n'a jamais plus voulu que je la voie.

Je me suis mis à la chercher. Je ne savais pas si je cherchais le tableau, pour le revoir comme la plus parfaite peinture qui soit. Si je cherchais le modèle, pour lui dire que je l'aimais – mais j'aimais en fait la peinture et courais le risque d'être déçu. J'étais jeune, je ne pensais pas si loin. J'interrogeais Caruelle, Édouard Bertin, l'incompréhensible Russe, qui ne savaient rien. Je me jetais à corps perdu dans la quête de la Dormeuse – car c'était dans mes propres œuvres, terminées jour après jour, empilées dans ma malle, que je la cherchais le mieux.

Quelle chance Ingres avait eue de faire cette œuvre aussi belle que la nature ! Moi que le soleil désespérait, que la campagne laissait impuissant. Lui, était arrivé : il se mesurait au plus difficile, le corps d'une femme à la beauté si pure, il avait réussi. Moi, je me heurtais aux portes des granges, aux clochers, aux moulins, aux nuages, aux ruines, aux cailloux et aux arbres et, à chaque fois, j'étais battu. Le soleil donnait la beauté à tout, il n'entrait que mal, comme à regret, dans mes peintures.

J'ai péché pour avoir adoré une image. Personne ne pourra m'en absoudre. Rien ne vaut d'être contemplé que Dieu, et la beauté – son reflet terrestre. Mais Dieu seul ne peut se plier à la représentation, c'est pourquoi la beauté résiste si fort. Je touchais mes limites avec exactitude. Ce sont les limites des hommes.

Je parle d'elle comme d'une femme. Je me souviens d'elle comme si je l'avais connue. Je dois faire effort pour me dire que c'était une toile peinte. J'étais à cette époque plus exalté que je ne le suis. Ou plutôt, je ne le montre plus. Je me suis fait une vie digne du bonhomme La Fontaine et du roi d'Yvetot. On se moque du petit père Corot en blouse bleue de paysan et gros croquenots, mais moi, pendant ce temps, j'ai la paix et le loisir de rêver. Personne ne me reconnaît dans les rues. Ma mère déjà me répétait : « Mon Dieu, Camille, comme tu es commun ! Comment ai-je pu faire un enfant comme celui-là ? » J'ai un faux-air de légume. Mon neveu a hérité de ce visage-là. C'est pourquoi j'ai voulu qu'il me pose l'Ange pour Saint-Nicolas. Je crois que c'est la meilleure action de ma vie – au moins dix années d'indulgence. Je lui ai vraiment fait plaisir à cet enfant, avant qu'on ne lui dise qu'il est laid, ce qui arrivera tôt ou tard, à sa première bluette. Il pourra penser : « Je sais bien que ce n'est pas vrai, sinon, pourquoi mon oncle Corot m'aurait-il choisi pour poser un ange ? » Je suis parfois édifiant.

On n'a rien à colporter sur moi. Je suis un peintre qui travaille. Ma vie et mes souvenirs ne regardent personne. Je fais des rêves de jeune homme. Nul ne s'en doute. Peindre, c'est se faire un masque, et non se livrer sur la toile, comme on le croit de nos jours. À Rome, je passais des nuits ivres dans les officines du Trastevere. Je chantais des morceaux d'opéras qui me reviennent encore sans crier gare. Je dépendais des jambons. Aujourd'hui, je suis connu pour dîner à six heures et me coucher à huit. Je bois du lait, j'aime les asperges et le fromage de chèvre. Au moins ont-ils cela à raconter. Les critiques d'art ne vont pas gloser bien longtemps.

Depuis cette rencontre, je ne suis plus tout seul à l'atelier. Dans la pièce voisine, se cache une jolie fille qui entre et sort à mon gré. C'est la Folie, mon invisible compagne, dont la jeunesse est éternelle et dont la fidélité ne lasse pas. Je la laisse sortir de plus en plus souvent. Car dans le temps de ma jeunesse, j'étais obligé de garder ma Folie pour moi et de l'enfermer dans mon armoire. Un jour, j'ai fini par ouvrir la porte et la douce Folie s'est échappée, mais j'en ai encore plein mon armoire, en réserve.

*

Lors de mon second séjour de Rome, *La Dormeuse* m'occupait tellement que je voulus la revoir. Au besoin, me faire à nouveau initier sous un autre nom. La société antonine n'existait plus, impossible d'en retrouver des membres, ni de savoir ce que ses abracadabrantes collections étaient devenues. Je trouvais un petit modèle nommé Marietta. Je la mis dans la pose de *La Dormeuse*. Mais Marietta avait les cuisses trop larges, le regard effronté, les bras trop gros. Cela n'allait pas. Comme j'avais honte de la faire poser – je manquais d'habitude, n'aimant guère les séances de modèle nu, où je suis plus gêné que le modèle, qui ne l'est pas du tout –, je lui faisais la conversation comme je sais si bien faire, dans des nuages de fumée de pipe. Elle me dit qu'elle avait un amoureux.

« Eh bien, lui dis-je, marie-toi et plante là les peintres.

– Me marier, monsieur, mais nous n'avons pas de quoi entrer en ménage. »

Je lui donnais une petite dot, avec ce que m'avait laissé un voyageur qui avait pris six études. Elle me remercia. Je vous dis que j'aime faire le bien. Et je conserve toujours ma petite esquisse, mon « odalisque romaine », qui est à monsieur Ingres ce que mon écran de cheminée est à Giorgione, en souvenir de ces cuisses si larges et si bonnes.

Obsédé par *La Dormeuse*, j'ai suivi tous les chemins qui partent de Rome, guidé par son fantôme. Ma vie s'est consacrée toute seule à la poursuite de cette ombre. Je suis retourné seul là où j'allais avec mes amis peintres, la première année de mon voyage : les Castelli Romani, Subiaco, Olevano, Nemi, Frascati, Ariccia, toutes les routes me ramenaient à elle. J'espérais la retrouver, voir une femme qui lui ressemble, je suis allé comme cela pêcher au lac d'Albano, marcher dans les cailloux du mont Soracte, montagne usée comme un vieux philosophe, à Castel Sant'Elia où les filles sont rousses. J'ai peint encore des dizaines de tableaux. Je faisais poser des paysannes. Elles me fournissaient les sujets de petites bambochades qui me délassaient des paysages et de l'attention extrême qu'ils requièrent.

Mes paysages sont des portraits. Plus que mes paysannes, plus que les quelques visages que, de loin en loin, je me suis exercé à reproduire, ces vues représentent les amis que j'ai aimés. Par association d'images, ce sont eux que je revois lorsque je les regarde. Les bords du

Léman à Genève que mon vieux Baehr trouvait si beaux sont le portrait le plus fidèle qui me reste de mon compagnon de voyage d'autrefois. Je pense alors à sa femme idiote, à ses enfants, à tous les chefs-d'œuvre dont il se sentait capable et qu'il n'a pas laissés. Sous des dizaines de vues de Rome se cachent des tentatives maladroites pour retrouver le regard de la Dormeuse, assoupie sur le Palatin, comme une géante coiffée par les nuages. Personne ne la voit. Elle ne paraît que pour moi.

Enfin, je suis allé passer quelques semaines seul à Naples. Pourquoi la chercher là plutôt qu'ailleurs. À cause du seul indice que m'avait donné Joseph : Caroline Bonaparte. J'ai admiré les Antiques, contrairement à mon intention, les bronzes surtout, qui gardent quelquefois des yeux de corne qui vous fixent. Mais je ne savais pas ce que toute cette beauté avait à voir avec mon art. Rien, sans doute. C'est là que j'ai découvert qu'il existait des nymphes, sur les sarcophages des collections Farnèse. À part cela, j'ai délaissé les curiosités, la Chartreuse de Saint-Martin, le Vómero. Je suis resté des journées à la cathédrale, à guetter les pénitentes en prière au moment où elles se relevaient. J'ai eu des indigestions de robes noires et de dentelles. Ma Dormeuse n'était nulle part. Je suis allé voir à l'hospice San Genaro dei Poveri. Je suis allé dans les bordels de marins. Je suis allé chez un antiquaire qui gardait dans son arrière-boutique un portrait de la reine Caroline, qu'il me montra quand il sut que j'étais français et qu'il eut vu mon ruban rouge. J'étais sûr que si c'était elle, je reconnaîtrais ses yeux. Rien ne se produisit. Le diadème, les perles, les cheveux noirs ne me firent pas trembler, bien que le tableau fût bon. Je dus subir une heure de tirade contre les Bourbons ; l'antiquaire ne se cachait pas de comploter. Je n'entendais rien à cette politique. La Dormeuse avait déserté Naples.

En souvenir, j'ai gardé une vue du Vésuve, très simplifiée, avec la mer en guise de premier plan, une voile au centre et de petites taches blanches qui figuraient les monuments et les maisons de Naples. Je les ai peintes ainsi, sans fenêtres, sans portes, pour me dire qu'elles étaient vides. Je n'ai pas trop mal réussi cette fois l'effet du soleil. Je n'allais pas tarder à quitter l'Italie. J'emportais mon bonheur.

Au retour, j'étais peintre – et je m'imposais à Paris avec une stratégie de conclave : humilité, discrétion, sincérité, gentillesse, naïvetés, services rendus pour rien. Rome m'avait appris aussi à devenir pape. Je réconciliais à tour de bras les classiques, les romantiques, les réalistes. J'étais l'ami des peintres de fleurs et le soutien des peintres maudits. Monsieur Ingres, c'était la fougue contenue. Je l'avais compris devant *La Dormeuse.* Delacroix est un aigle quand je ne suis qu'une alouette poussant ses chansons dans mes nuages gris. Des phrases comme celles-là me valaient des amis. On nous chante sur tous les tons l'éloge de ces réalistes, puisque réalistes il y a : mais on n'a pas attendu monsieur Courbet. *Le Four à plâtre* de Géricault et la *Dormeuse* secrète d'Ingres avaient été, en leurs genres et en leurs temps, des chefs-d'œuvre du réalisme. Du moins ils m'apparurent ainsi. Et m'ont montré ce que je devais faire. Ce fut complexe. Je me suis appliqué au réel. Puis, dans mes pastorales, sans m'en détourner, je l'ai peuplé à ma guise, sans idéalisation – à mon idée. Je me suis toujours intéressé de loin au mouvement des arts. J'avais fait, à Rome, une petite vue de Saint-Pierre-ès-Liens. Dépassant du mur, je figurai le seul palmier qu'il y eût à Rome : c'était mon ironique contribution à toutes leurs fadaises orientalistes. Je voulais montrer que si j'avais voulu peindre les jardins d'Afrique, j'aurais pu.

J'ai cherché, comme je devenais plus connu, à me rapprocher d'Ingres. Il fallait passer par madame Ingres et cela me décourageait par avance. D'autant que je sentais bien que le modèle de *La Dormeuse* n'était sûrement pas madame Ingres. Les Ingres donnaient l'exemple des vertus. Le couple s'était rendu célèbre dans tout Rome. Quand il était directeur de la villa Médicis, on se moquait d'eux sur tous les tons. Leurs séances de musique en famille à se donner des crampes de mâchoires. Leurs petits regards complices à chaque fausse note. Le rôti de veau. Je trouve cela plutôt touchant. On raconte qu'Ingres ne pouvait supporter la vue de la laideur. Comme ils se promenaient dans Rome, un mendiant se trouva devant eux sur l'escalier de la place d'Espagne, avec des plaies purulentes où s'agglutinaient les mouches. Que fit la douce madame Ingres ? Elle jeta son schall sur la tête de son mari pour qu'il ne voie pas cela, lui prit la main, et l'histoire ne dit pas si elle donna une obole au mendiant. C'est assez à parier. Voilà ce qui peint monsieur Ingres tel que je me l'imagine. Marchant l'œil toujours fixé sur la beauté pendant que Madeleine veille à ce que le monde ne contredise pas les visions de son poète. Je ne suis jamais devenu leur ami, l'envie m'en a passé vite. J'ai quelquefois rencontré Ingres à Paris, à la remise des médailles au Salon. Jamais je n'ai osé lui parler de *La Dormeuse*, et de son modèle, je me sentais si petit devant ce concentré de respectabilité. Madame Ingres portait des gants de duchesse. J'avais peur qu'il me dise la vérité, que mon aimée était une fille de joie, la maîtresse de Joseph le Maure ou la reine Caroline lassée de son sabreur, qu'elle était morte, que le tableau avait été détruit. À mon souvenir, il fallait des rêves, une légende, des personnages, des élans et des intrigues, que j'inventais. Je savais que je ne pouvais pas parler à ce monsieur si imposant de la flamme de ma jeunesse – la flamme qu'il avait fait naître et à laquelle il semblait monstrueusement étranger. Je le regardais comme un rival heureux et plus décoré que moi.

Il y a quelque temps, il m'a été donné de voir un autre tableau scandaleux et secret de monsieur Ingres, dans la collection du fastueux Khalil Bey, le Turc le plus fantasque de Paris et qui serait débauché dans Babylone. C'est un bain turc, une scène de gynécée. Je ne sais comment l'expliquer. C'est assez farce, il faut de l'aplomb et de la confiance pour oser peindre ce médaillon de merveilles, à son âge. Tentative vaine d'un vieillard malade qui veut retrouver le temps de *La Dormeuse* mais n'y parvient pas ? Désespoir d'un homme qui se dit au seuil de la mort qu'il n'a pas eu assez de femmes, et comme le voilà aussi engoncé qu'un ministre plénipotentiaire et aussi célèbre que monsieur Prudhomme, n'ose pas rattraper le temps perdu, et se venge en peignant, comme une obsession, cette épouvantable collection de seins? Ou alors un hommage à la grassouillette beauté des « madame Ingres » : Madeleine, puis son sosie Delphine, avec leurs faces de plat d'omelette, et leurs poitrines de matrones. Le petit monsieur Ingres savait ce qu'il voulait. Après la mort de Madeleine, il était si malheureux que ses amis se sont mis en battue pour lui en trouver la réplique, la copie digne du maître, et en plus liseuse à ce que l'on m'a dit. Je sais qu'elle a dû poser dans cette turquerie. Est-ce bien convenable pour la femme d'un membre de l'Institut? Ingres a voulu faire là quelque chose qui m'échappe. Au moins, mes centauresses et mes angelottes sont-elles plus discrètes et de meilleur ton. Dans la pléthorique cohorte des vieillards concupiscents, je me tiens mieux.

Voici quelques mois encore, je m'étais fait à l'idée de ne plus la revoir. Je n'en parlais à personne.

J'étais retourné, un peu avant de quitter Rome, peindre à la rage du soleil au milieu des jardins Farnèse.

Je me souviens, je tournais le dos au Colisée. Je me mettais en colère contre mes tableaux, je pestais contre mes enfants. Les idées neuves me viennent en travaillant. Je me sentais inspiré. Nous étions cinq ou six à peindre dans les rochers. Un homme en chemise, au col défait, la redingote sur le bras, s'approcha de nous sans parler. Il regarda longtemps. Il compara nos travaux, s'approcha de moi, sans doute parce que j'étais l'un des plus avancés. J'appris plus tard tout ce que signifiait le nom qu'il me murmura, François de Chateaubriand, l'ambassadeur de France. Il venait d'arriver en poste, moi je quittais mes fonctions de touriste peintre. C'était au début de 1829. Je savais bien qu'il était l'auteur du *Génie du Christianisme*, monumental ouvrage que je m'étais bien gardé de lire, et quelle place il occupait sans doute dans cette société romaine que je ne fréquentais pas. J'ignorais que lui aussi faisait des paysages, et plus ressemblants que les miens. Je lui demandai s'il écrivait de mémoire. Il me dit qu'il ne m'entendait pas. Je lui expliquai que nous, les peintres, nous notions ainsi, comme aujourd'hui, sur le motif, que c'étaient des études, et qu'ensuite, à l'atelier, nous reprenions. Il me sortit un carnet de notes de sa poche (je reconstitue à peu près notre courte conversation) :

« Je fais comme vous, je note les idées comme elles me viennent, ensuite, je compose.

– Je tente ici une sorte d'étude définitive, je veux dire faite entièrement sur le motif, que j'aurai à peine besoin de reprendre. Mais en lui gardant l'allure d'une pochade bouclée en quelques heures. J'ai déjà peint deux tableaux comme cela, dans ces jardins. Je pars bientôt, aussi me suis-je remis face au Forum, non que les Romains m'amusent, mais vous avez vu toutes ces lignes, qui se coupent, se croisent, ces blocs mis au hasard.

– Vous travaillez à retrouver la naïveté perdue. Il vous faudra de la patience. Vous n'avez pas mal choisi, c'est la plus belle vue qui soit. Vous êtes ici au centre du monde. Cette colonne que vous peignez là marquait le point de départ des routes qui allaient du Forum à l'extrémité des terres dominées par Rome. Dans votre petit tableau, vous allez enclore l'univers. »

Monsieur de Chateaubriand a depuis fort bien écrit sur ses années de Rome. J'avais appris par cœur, moi, le vieux Corot qui passe pour ne pas avoir de lettres, parce que je n'ai jamais voulu peindre de Romains, la page où il invoque, en Allemagne, le souvenir d'une jeune fille entrevue dans les ruines de Rome. Il la nomme Cynthie, mais je sais bien, moi, comment elle s'appelait. Elle venait aussi nous voir peindre et j'étais là quand il l'a rencontrée. C'est la page que je préfère de ses *Mémoires*, le souvenir de cet après-midi. J'y vois tout le soleil dans l'espace d'un tableau. Il faut que je l'écrive ici, c'est presque aussi vieillot qu'André Chénier :

Je te chanterai, ô Canéphore des solennités romaines, jeune Charite nourrie d'ambroisie au giron de Vénus, sourire envoyé de l'Orient pour glisser sur ma vie, violette oubliée au jardin d'Horace.

Au moins, il se trouvera une page ornée dans mon album. Cette phrase de Chateaubriand, c'est beau comme un envoi de Rome. C'est son tableau pour le Salon. Il l'a fait à Paris ou à Berlin, mais c'est Rome qu'il fait parler, notre Rome de 1829, d'après les phrases griffonnées dans le carnet que j'avais vu. Le style du temps, beau comme une amphore peinte à la mode étrusque, fragile comme un bibelot de collectionneur, derrière les glaces cernées de bronze d'une vitrine – et, encore plus loin, dans le reflet, les joues de cette petite Romaine, qui n'avait rien d'étrusque.

J'ai revu monsieur de Chateaubriand des années après, à Paris, chez mon ami Édouard Bertin, dont le père, directeur du *Journal des Débats,* recevait beaucoup. Bertin aîné, bien coiffé et souriant, avait toujours l'air de s'excuser de ne pas ressembler tout à fait à son portrait par Ingres. Lorsque j'aperçus monsieur de Chateaubriand, je n'osai pas lui parler de Rome et lui remémorer notre rencontre; je lui parlai donc de religion, pour dire quelque chose. Cela donna à peu près :

« Tiens donc, fit-il, vous êtes dévot de saint Vincent de Paul, c'est drôle.

– Comment cela? Je ne trouve pas.

– Avez-vous déjà vu saint Vincent de Paul?

– Je ne suis pas encore, monsieur le ministre, sujet aux apparitions.

– Ni moi, mais je le vois souvent.

– En statue, en peinture, en rêve?

– Du tout. D'ailleurs si vous l'aimez et que vous avez un moment tout à l'heure, je puis vous le faire connaître. Saint Vincent de Paul en chair et en os, saint Vincent de Paul lui-même, momifié. »

Et nous voilà partis, monsieur de Chateaubriand et moi, bras dessus bras dessous, pour la chapelle des lazaristes de la rue de Sèvres. Il faisait nuit. Nous nous entendions bien; il me proposa même de déjeuner avec lui le lendemain. En passant rue du Bac, où l'enseigne était décrochée depuis longtemps, je ne pouvais pas ne pas me souvenir de mes lamentables premières années de commerce. Monsieur de Chateaubriand était un prestidigitateur, avec pour spécialité de faire apparaître les spectres. Mon cœur était, vous le voyez, à la nostalgie. Cette seconde rencontre eut le pouvoir de me ramener à mes années d'Italie. Au contact du grand homme, j'étais devenu à moi seul une élégie versifiée. J'étais si ému que, sans en rien dire à mon illustre guide qui se serait gaussé, je me crus à Rome, je me vis dans les catacombes de mon initiation, avec l'odeur de laurier bouilli. La chapelle était fermée, mais pour monsieur de Chateaubriand, elle s'ouvrait même au cœur de la nuit – le concierge avait l'air habitué au désordre de ses dévotions. Mon sentiment se fortifia en entrant dans la chapelle obscure, déserte à cette heure. Nous avons monté l'escalier qui conduisait à la châsse. Là, devant ce cadavre qui avait parlé à Louis XIV, aux joues creuses et aux yeux clos, dix fois repeint par de pieuses religieuses en cornettes, drapé dans sa bure, devant ce torse sans viscères, cette si évidente sainteté, j'eus la plus sacrilège des pensées. Je m'agenouillai. Je crus me voir face à la belle endormie aux yeux ouverts. Je n'osais regarder le grand homme au crâne chauve qui, à mes côtés, s'était agenouillé de même, la lampe-tempête posée à ses pieds. Je crois qu'il sortit un chapelet de sa poche. Les deux corps, la Dormeuse et le gisant, se superposaient pour n'en plus faire qu'un, que je vénérais à genoux. Quand il jugea que le temps écoulé était suffisant, Chateaubriand se releva. Il me faisait rire avec son chapelet dans sa poche tandis que tout Paris répétait les noms des dames qui brodaient ses mouchoirs. Dans la rue, nous nous taisions. Je n'osais pas lui parler de ses œuvres que je n'avais alors pas lues, il ne me parla pas de mes tableaux qu'il n'avait pas dû voir. J'étais ému. Comme je ne trouvai rien à lui dire, il se garda bien de me rappeler le déjeuner du lendemain.

Cet épisode se lie pour moi à la découverte la plus étonnante que je fis à propos de *La Dormeuse.* J'ai peine à croire ce que j'ai deviné. Il est possible que l'on ait voulu m'abuser. Je suis un petit vieux bien naïf. L'année dernière, je rencontrai, dans un salon ami, où l'on m'invitait tous les mardis, ce que l'on nomme très vulgairement « un vieux tableau », une dame énorme, plus en deuil qu'une gravure de la reine Amélie, madame C.-M. ***, ancienne cantatrice qui avait perdu voix et jambes et que l'on voiturait en chaise roulante. Comme personne ne s'occupait d'elle, je considérai de mon devoir de lui faire la conversation. Elle chuchotait. Sa chaise mal huilée grinçait un contre-mi quand elle se penchait pour parler. Comme je n'avais rien à dire, je parlai de la religion et de mon ami monsieur de Chateaubriand. Comme il se doit, elle l'avait lu. Comme il lui rappelait sa jeunesse, elle avait pris l'air heureux. Tout était dans l'ordre des choses. Elle me révéla alors qu'elle était Italienne et me fit comprendre qu'elle avait vécu à Naples du temps où Narbonne-Pelet y représentait la France. Ce qui remontait bien à la Restauration. Vous pensez comme, d'un coup, elle m'intéressa. J'avais jusqu'alors interrogé bien des personnes qui avaient connu Naples après 1815. On m'avait maintes fois raconté le retour des Bourbons, Murat fusillé, l'allégresse dans les rues : personne ne savait rien d'un tableau représentant une jolie femme.

« Une jolie femme, fit madame C.-M. ***, ne serait-ce pas, dites-moi, cette *Dormeuse* nue laissée par monsieur Ingres ? »

Je la regardai, stupéfait. Depuis près d'un demi-siècle, j'avais posé cette question à des centaines de personnes, à des prélats, à des Anglais, à des comédiens ambulants, à des capitaines au long cours, à des paysans de Barbizon qui ne savaient pas si Naples n'était pas le Kamtchatka. Je m'étais lassé. Enfin ! Dieu ne permettait pas que je meure sans avoir pénétré ce secret. Mes années de piété allaient avoir leur récompense. Merci à saint Vincent de Paul. Je restai coi. Elle me crut sourd et haussa d'une octave :

« C'est un tableau qui a compté pour moi plus que je ne saurais dire. Je l'ai vu souvent, il était chez madame de Narbonne, qui l'avait sauvé, dans la tourmente napolitaine de 1815, en le faisant mettre à la résidence de France. Une assez belle femme peinte, un peu canaille, mais que dirait-on maintenant, on la trouverait bien sage. C'était le style de monsieur Ingres, mais vous savez cela puisque vous êtes peintre. On peut dire qu'elle a été ma rivale, cette Dormeuse, et que je lui en ai voulu. »

Elle se lança alors dans son grand air, une histoire qu'elle devait parfaire depuis cinquante ans. Elle me fit comprendre qu'elle avait été du dernier bien avec un jeune peintre dont elle ne voulut pas me dire le nom – peut-être vivait-il encore sous les ors de l'Institut – dont elle avait été folle. Elle l'avait connu à Naples du temps où elle était splendide et divine et unique et l'avait ensuite retrouvé à Paris. Il avait exigé d'elle une preuve d'amour étonnante. Il avait voulu qu'elle lui procure une autre femme. Une femme en peinture, qu'il avait vue à une réception chez les Narbonne. La tractation ne fut pas facile. La chanteuse dut promettre à l'ambassadrice trois saisons pour le San Carlo, d'être présente à vingt-sept dîners, de donner pour rien huit concerts devant le corps diplomatique, en échange de quoi le tableau prit la route de Paris. Elle s'était dévouée pour la France.

« Ce que le tableau est devenu ? Mais je n'en sais rien, nous nous sommes brouillés à cause de lui, c'était inévitable. Il l'aimait. Je crois bien qu'il l'a gardé, la brute, je ne sais pas ce qu'il en a fait. Il est détruit, ou alors il a été reconduit en Italie entre deux gendarmes. C'est ce que l'on m'a dit, oui, je me souviens vaguement que l'on m'en avait reparlé, mais vous dire qui, et où en Italie… »

Je restai à méditer dans le coin du salon où nous nous étions mis. Je la regardai après quelque temps. Elle s'était endormie. J'observai ses paupières closes, je pensai malgré moi à saint Vincent de Paul momifié. Un sentiment étrange me pénétra. Un nouveau sacrilège, plus terrible encore que le premier. Trois cents jours d'indulgence en moins. Je n'eus rien le temps d'analyser, car l'hôtesse arrivait vers nous : « Alors, qu'est-ce que je vois, mon petit père Corot, toujours aussi fin causeur, vous avez réussi à endormir ma belle madame C.-M.***, vous êtes bien le premier. Madame, s'il vous ennuie, je vous roule plus loin. Les paysagistes sont assommants comme la pluie. »

En partant, cette version féminine de la momie de saint Vincent de Paul me donna sa photographie par Nadar. Elle la tira doucement d'un petit porte-cartes en argent qu'elle avait dans le sac à ouvrages de dentelles noires qui lui réchauffait les genoux. Chez moi, je regardai le cliché de tous mes yeux. Elle était assez belle et la lumière venait bien sur ce visage de vieille femme. Je nettoyais ses rides, je tirais sur la peau de cette face comme un embaumeur, je remodelais ses lèvres, je la réveillais et je me demandais sans fin : « Si c'était elle ? »

« Ma rivale » avait-elle dit en souriant. Si c'était elle la femme peinte dont elle était jalouse ? La vieille madame C.-M. ***, cette diva édentée, la femme de ma vie. Il fallait me faire à l'idée. Je portais son deuil, elle était vivante, drapée de noir, je l'avais même hypnotisée. Si je la demandais en mariage ? Je pousserais son fauteuil mécanique. Je le repeindrais en bleu et en rose. J'irais dès que possible lui faire une visite. Je me jetterais sur l'impotente, je soulèverais ses jupes, je tirerais ses bas, je verrais bien si elle a une petite tache brune au mollet droit. Ce serait mon triomphe. Je me crus le héros d'un conte fantastique d'Hoffmann. J'étais prêt à vendre mon reste d'âme, à brader mes mois d'indulgence. Puis je n'osai pas. Je restai chez moi à penser à elle. Je tombai amoureux, dans le cours de la semaine suivante. Si j'avais eu l'esprit plus romantique, je l'eusse prise pour la Mort. Elle m'obsédait. J'étais sûr qu'elle avait les yeux de *La Dormeuse.* Je ne voulais pas aller la voir, j'attendais de la rencontrer à nouveau. On ne trousse pas si volontiers, même à mon âge, les jupons brodés de la Camarde. Peu de jours après, on m'annonça sa fin. Elle n'était pas venue me rechercher. Je n'étais pas allé la voir.

Elle avait dit : « Peut-être en Italie. » Elle en savait plus qu'elle n'en avouait.

*

Plus je vieillis, plus le souvenir de cette nuit dans les cavernes me revient et me hante. « Violette oubliée au jardin d'Horace », phrase séchée entre mes pages, je pleure en repensant à elle, à ce temps d'autrefois dans Rome. J'ai rouvert souvent ma fenêtre, pour peindre le paysage qu'elle encadre : à Ville d'Avray, chez nous, le petit chemin, l'étang et la maison Cabassud, à Orléans, les toits au faîte de tuiles avec la tour de Saint-Paterne, les jardins Boboli à Florence, à Rome encore quelquefois – mais je me souviendrai toujours du premier matin où, en Italie, j'avais écarté la table, pour placer mon chevalet devant le ciel. Ces journées ont été le meilleur de ma vie. J'ai encore bien des idées, le vieux père Corot prépare sa prochaine manière. Je vois tout autrement. C'est comme si je n'avais jamais su faire un ciel, car ce que je vois est bien plus rose, plus profond, plus transparent et plein d'odeurs. Ah, que je voudrais vous le rendre en quelques phrases, et vous montrer jusqu'où s'en vont ces immenses horizons. Mais à chacun son métier, vous viendrez à l'atelier. Je ne voudrais tout de même pas mourir sans avoir fait un chef-d'œuvre. Je suis vieux, je veux une nouvelle fois retourner en Italie. Je suis sûr que madame C.-M. *** m'a menti, qu'elle n'a dit la vérité qu'à demi. J'ai rangé son portrait dans mon tiroir de photographies et je la regarde parfois. J'aurais dû la faire parler plus.

J'irai chercher ma belle à Rome, j'irai à Naples, je veux la revoir, ouvrir mes yeux devant les siens. *La Dormeuse* pour laquelle je donnerais tous les paysages, les jardins Farnèse, le pont de Narni, le Pincio à la tombée du jour, la villa d'Hadrien à Tivoli, le petit Chaville, les étangs de Mortefontaine. Je donnerais même mes nuits sur la plage d'Ostie. J'irai en Italie en faisant vœu de ne rien voir, de ne rien entendre, de ne rien sentir, je m'empêcherai de respirer l'air de Rome, je me retiendrai de nager comme autrefois, j'avancerai à genoux, je passerai les Alpes sur un âne, je franchirai le Rubicon sur un pont de bateaux, j'irai baiser l'anneau du pape, je prêterai serment à Garibaldi, j'ouvrirai une boutique de perruques sur le Corso, je peindrai en jaune l'arc de Titus, je ferai tout ce que l'on voudra. Je ne veux pas mourir sans l'avoir revue. Il faut que je trouve la force de partir.

Ville d'Avray, Mortefontaine, 1866.

III
LA COURSE DE CHEVAUX LIBRES
(Rome et Naples en 1817)

Monsieur Théodore Géricault que j'ai longtemps fréquenté n'avait rien d'un fou. On a cru, en voyant ses études d'après des cadavres, ses plats de membres arrachés, qu'il était une sorte de fauve échappé du Jardin des Plantes, aux dents écumantes de sang, avec le poitrail fumant. Fond noir et figures rouges. Parce qu'il a peint les chevaux comme aucun autre, on l'a transformé en palefrenier ou en écuyer du cirque Franconi. Et quand on verra enfin publiquement la série de têtes d'aliénés qu'il fit pour le docteur Georget, et que celui-ci a disposées chez lui comme autant de portraits de famille, que ne dira-t-on pas? Non, la vérité c'est qu'il n'y avait pas plus bonhomme, enjoué, affable, que monsieur Théodore Géricault. Je n'aimais pas trop la peinture, que je trouve un beau mensonge, mais lui sut m'attacher et c'est pour lui que je pris ce premier métier. Il n'était pas comme les autres peintres; il aurait pu être général d'armée, navigateur, ou médecin, il savait tant de choses. Il ne trichait pas. On s'amusait en travaillant pour lui. Il souriait comme il peignait, franchement, sans se reprendre, en pleine chair.

Je fis sa connaissance à Rome au printemps de 1817. Je parlais déjà bien français, élevé par un oncle qui avait connu le général Bonaparte l'année du pont de Lodi et lui avait servi de secrétaire. Le grand homme parlait parfaitement l'italien, il l'écrivait aussi mal que le français. Moi je ne l'ai jamais vu. Il y a peu d'hommes de notre temps qui n'ont jamais vu Napoléon. Tous sont allés au moins à une revue de la Garde. Il dictait à mon oncle en français, celui-ci devait transcrire sans fautes en italien, et lui donner pour la signature. Mon oncle ne voulait pas que nous allions à Paris, où on lui proposa sous l'Empire une bonne place au ministère de l'Intérieur. Il aimait trop Rome. Mais il pensa qu'il me serait utile de me faire comprendre en deux langues. Il ne se doutait pas que ce serait pour me faire rapin. Rester un artiste italien raté dans Paris, un médiocre peintre français dans Rome, j'avais le choix. Il m'aurait plutôt vu célèbre, comme monsieur Ennio Quirino Visconti, notre compatriote, conservateur des Antiques du Muséum de Paris. Il aurait été fier. J'ai pris une autre voie, mais pour un petit-fils de paysan des Castelli, je ne m'en suis pas mal tiré. Je me suis dévoué à un homme que j'admire. J'ai pu acheter une ferme dans le Perche, qui rend bien, ma femme a des chapeaux à la dernière mode qu'elle va choisir rue du Bac. Moi aussi, j'ai eu ma gloire, et maintenant, une certaine renommée ; j'ai même été peint. Par mon maître Géricault, bien sûr, de nombreuses fois, en petits morceaux, car je posais pour lui, un pied par-ci, un torse par-là, je suis partout dans ses tableaux où l'on ne me reconnaît point, mais surtout, monsieur Charles Billoin, qui est un bien grand artiste, a fait mon portrait tout entier, avec la tête, dans sa toile, qui est un vrai morceau pour l'histoire, de *La Dernière Étude de Géricault.* J'en ai pleuré quand je l'ai vue. Il a si bien rendu le visage de monsieur Théodore Géricault tel que je l'ai veillé à son lit de mort. Jaune comme la cire, les joues creuses, les yeux enfoncés par la mort, mais le profil du grand Condé à Rocroi, la barbe mal taillée, l'air d'arriver d'une chasse ou d'une émeute. Il est mort jeune, mon beau maître, il n'aura pas connu la vieillesse, si triste pour les peintres. Nous étions quelques-uns, Jamar, Lehoux, Montfort, à pouvoir nous targuer d'être les « élèves de Géricault », qualité plus rare que celle d'élève de David ou d'élève d'Ingres – on en peuplerait Londres et les alentours – mais c'est mon profil de médaille que monsieur Charles Billoin a choisi, et je n'en suis pas peu fier. J'avais mes admiratrices à l'époque. Mademoiselle Prévôt, au Palais-Royal, me donnait des bouquets pour rien. Mes enfants verront cela au Musée.

Monsieur Théodore Géricault était venu s'ennuyer à Rome après s'être bien ennuyé à Florence, à ce qu'il m'expliqua. Rome ne le distrayait guère, c'était un cimetière en carnaval, me dit-il. J'étais entré à son service quelques semaines auparavant, et nous nous appelions déjà par nos prénoms. Je dois ce privilège à ma grand-mère de Ravenne, pétrie de barbarie, qui m'avait fait nommer Teodorico. À Ravenne, on voit le mausolée de Théodoric, éventré par la foudre le jour de sa descente aux enfers, une large pierre ronde fracassée. Cela plut tout de suite à Théodore qui ne m'appela plus autrement que Théodoric et exigea la réciprocité, mais je lui ai toujours dit vous. « Un cimetière en carnaval » : en février commençaient les réjouissances, et notre ville fait parfois aux étrangers l'impression d'une vaste sépulture. C'est bien à tort. Je me faisais fort de lui montrer les plaisirs de Rome.

*

Je savais ce qui lui plairait : la course de chevaux libres sur le Corso. J'y allais chaque année depuis que j'avais l'âge de ne pas être écrasé par la foule. De la place du peuple à la place de Venise, la rue devenait arène. On sablait, on tendait les maisons de vieux tapis, chacun se mettait à sa fenêtre, on s'entassait dans des tribunes en bois, les familles rivalisaient de damas reprisé et d'armoiries en fil de cuivre. Les chevaux, dressés pendant toute l'année, se bousculaient, heureux de combattre sans cavaliers. Tout Rome s'y retrouvait. Au départ, les maîtres des écuries caressaient leurs bêtes, un atelier de maréchal-ferrant s'était improvisé pour réajuster les fers et dégageait une puanteur de corne brûlée. Le départ se faisait dans le tumulte et les piétinements. On caressait les filles. Théodore et moi courions pour être à l'arrivée, le moment le plus beau, la *ripresa,* quand les hommes, à mains nues, doivent arrêter les chevaux fous.

Ce furent les premières toiles qu'il fit à Rome. Il trouvait le sujet beau comme l'antique et grand comme le moderne. Il s'exerça dans les deux manières, alternant les toiles qui montraient l'action dans Rome et celles qui lui donnaient pour décor une ville antique aux colonnades d'imagination ou une plage vide sur le rivage de la Grèce. Le plus beau cheval, il le peignit dans ce décor grec, arrêté par des esclaves. Il voulut que l'un des personnages portât le bonnet de Phrygie. Lui aussi était libre. Théodore Géricault était un héros de l'ancien temps. Aimé comme Hannibal, grand comme Scipion, sage comme Cincinnatus, jeune comme Bonaparte et Desaix. Je l'accompagnai à Naples. Il me demanda de le suivre à Paris. J'exultai, et me dévouai à sa peinture jusqu'à sa mort.

Je voulus tâter du grand art. Je m'essayai au nu académique, sitôt arrivé à Paris. Mes débuts furent médiocres. Théodore, pour m'encourager, me dit que lui-même, les premiers mois, n'y excellait pas : « Guérin, mon maître, me disait quand je faisais des tartines comme les tiennes, que mes académies ressemblaient à la nature comme une boîte à violon à un violon. » À chaque fois que je marquais trop un muscle, il me disait « Tu violones, je finirai par t'envoyer chez monsieur Ingres. » C'était parler du père Fouettard. L'atelier d'Ingres différait de tout ce que l'on avait pu connaître jusqu'ici. Certes, les élèves se faisaient des politesses ; quand ils arrivaient le matin, ils se demandaient de leurs nouvelles. Vous imaginez. On y jouait de la musique le soir, cela tournait au salon de province. Les guéridons et les pendules étaient astiqués par deux bonnes. Des fleurs séchées s'empilaient sous des globes de verre. De vieilles peintures italiennes donnaient des transes aux vieux prêtres qui en expliquaient les sujets. On y apprenait beaucoup, mais j'avais peur d'y entrer. Il endoctrinait ses disciples, les bombardait de maximes toutes faites et ne les laissait pas réfléchir. Sous prétexte de leur faire copier la nature, il leur faisait copier la nature comme il la voyait. Je me serais ennuyé chez Ingres. Au fond de moi, la vie de rapin me convenait, préparer les toiles, acheter les couleurs, bavarder avec les modèles, je ne souhaitais pas trop devenir peintre.

Notre atelier de Paris ressemblait à un Louvre en réduction. Monsieur Géricault avait refait lui-même une bonne trentaine de toiles du Muséum : il s'était entouré de maîtres qu'il aimait et avait appris son métier en cherchant à imiter le leur. C'étaient là plus que des pochades. Voilà comme on devrait toujours faire. Je me souviens qu'il me les montrait, en m'expliquant pourquoi il avait choisi de copier tel ou tel. Il me désignait *Le Martyr de saint Pierre des dominicains*, copié d'après Titien, où l'on voit un grand coup d'épée, l'autoportrait de Rembrandt, si réel qu'on aurait dit qu'il s'en allait marcher, le marquis de je-ne-sais-quoi, peint par Van Dyck ou Rubens, je ne sais plus, sur un magnifique cheval blanc que je vois encore. Mon maître avait voulu le portrait du cheval.

Monsieur Théodore Géricault possédait un tableau d'Ingres, qui n'était pas une copie. C'était cette *Dormeuse de Naples* que l'on a si longtemps cherchée, que l'on cherchait déjà en ce temps – mais qui l'aurait trouvée dans l'atelier du peintre de la Méduse ? On l'a crue détruite dans les bouleversements de la chute de Murat, c'est une erreur, c'est une autre odalisque, achetée par Murat à

Ingres quelques années plus tôt, qui a péri. *La Dormeuse* a survécu à Naples, elle est venue à Paris. Je l'y ai vue. Il ne la montrait à personne. J'ai dû soulever le drap en cachette. Il me surprit. M'arracha le voile des mains. Accepta avec sa bonne grâce coutumière de m'en parler. Sans jamais me révéler tout ce qu'il savait. Mais j'étais malin.

Je crois bien qu'on la cherchera encore. Il se peut pourtant qu'elle soit au musée, à ce que l'on dit. Il l'aurait découpée, un jour où il n'avait rien pour peindre et aurait refait par-dessus son tableau des courses d'Epsom en Angleterre. Je n'ai jamais vu cela, n'étant pas près de Théodore à cette époque. Je ne l'avais pas accompagné à Londres, voulant organiser ma vie à Paris. À vrai dire, je ne crois pas la découpure possible, et l'on verra pourquoi.

Théodore, qui me fit maintes fois visiter son « musée » – c'était dans nos années de Paris –, une fois son secret surpris, me parla des heures entières de cette toile d'Ingres. « Tu en as déjà vu, des "violons" comme cela toi, regarde ces lignes, ces vernis ; Ingres, n'est-ce pas le Dieu de la lutherie ? » Comme je m'étonnai, avec une naïveté feinte, de le voir posséder un tableau si étranger à son art : « Pourquoi n'aurais-je pas cette odalisque d'Ingres ? Delacroix, que tu as peut-être vu ici, aimait plus que tout un portrait fait par David dans le style grec, au point de vouloir le posséder. Il est vrai que c'est celui de sa sœur Henriette. Et David lui-même ne conservait-il pas quelques esquisses de Boucher, d'ailleurs son parent ? Ce sont les critiques qui, pour faire du papier, inventent les révolutions dans les arts. Nous, les peintres, nous nous tenons, nous ne nous critiquons que par jeu. Les rivalités entre ateliers sont le propre des plus mauvais élèves. J'aime Ingres comme David me fit l'honneur d'aimer mon *Officier de chasseurs.* Je suis allé, à mon retour de Londres, lui rendre visite et l'embrasser dans son exil de Bruxelles. Il m'accueillit comme un fils. Crois-moi, l'histoire des peintres, c'est la même aventure qui se continue depuis Apelle, Zeuxis et ces autres artistes grecs de l'Antiquité dont on ne connaît que les noms. »

Il noyait le poisson. Je ne lui demandais pas de remonter au déluge. Il ne voulait pas dire pourquoi il serrait si jalousement *La Dormeuse.* Je le taquinais avec mes questions. Il faisait semblant de se mettre en rage. Théodore ne voulut jamais m'avouer comment il avait eu ce tableau dont il se montrait si jaloux. Je crois bien qu'il se rattachait pour lui à quelque souvenir galant, et j'ai bien sûr ma petite idée là-dessus.

De Rome, nous étions partis pour Naples au début d'avril 1817. Murat était oublié, on y donnait sans cesse des fêtes où les Français étaient bien reçus. Théodore avait son plan pour y connaître promptement le meilleur monde et trouver quelques clients qui achetassent ses toiles. Il avait rencontré à Florence l'année précédente, avant sa venue à Rome, dans une loge au théâtre de la Pergola, madame de Narbonne-Pelet dont le mari, monsieur Louis de Narbonne-Pelet, était ministre de France à Naples. Crotté, en bottes, mon Théodore avait fait grande impression au milieu de ces dames, et plus encore quand il expliqua qu'il était peintre, débarquant de Paris. Théodore riait encore en le racontant. C'était comme s'il avait avoué, au milieu des rivières de diamants et des plumes d'autruche, en ce curieux équipage, qu'il était bandit de grand chemin. Seule madame de Narbonne-Pelet ne s'effraya pas, voyant à côté du peintre celui qui avait servi de compagnon de voyage à Théodore entre Paris et Florence, le comte Arthur Potocki, un grand nom de Pologne, la meilleure des cautions – qui l'avait fait entrer dans cette loge à la société si choisie. Théodore raconta à la ronde qu'il était mousquetaire du roi, qu'il avait suivi Louis XVIII à Gand lors du retour de Napoléon. Tout cela fit bon effet. Cette fidélité au roi, dans les pires moments, quand on ne comptait plus en France qu'une poignée de royalistes, émut. Madame de Narbonne lui fit promettre de venir à Naples pour lui montrer quelques-uns de ses tableaux. Il la prit au mot.

À cette époque, Théodore se forçait à paraître dans le monde. Il ne s'y est jamais plu. Il avait très souvent besoin de solitude. Je savais, à certains airs qu'il avait le matin, que je ne devais pas lui parler et qu'il me faudrait préparer des toiles. Il s'enfermait, me demandait un châssis, restait à peindre ou à ne rien faire, immobile, comme si, en mer, il avait fixé un point à l'horizon. Je ne devais pas même lui porter de nourriture. Je respectais son silence. Dans ces moments, je voyais s'incarner son génie. Ensuite, il partait boire, et quelquefois m'emmenait avec lui. À Naples, je n'avais pas encore compris tout cela. Je le vis partir un soir, seul dans la campagne, il ne voulut pas que je vienne avec lui ; je pensais qu'il avait une bonne fortune. À son retour, je le vis triste et abattu : certainement, il n'avait pas vu de femme, il n'avait ni dessiné ni peint, il avait dû marcher toute la nuit, comme si personne n'existait. Il en revenait aussi rompu que s'il s'était battu contre des brigands ou s'il avait chassé le loup. Ce jour-là, je notai pour la première fois quel regard il avait quand il ne voulait pas qu'on le dérange. Mais il ne m'en parla jamais.

Arrivés à Naples, nous comprîmes vite que deux dames tenaient la société française, madame de Narbonne que Théodore visita la première semaine et celle qui se disait sa meilleure amie, une vraie rivale de théâtre, une cantatrice extraordinaire qui portait un nom de comédie, qui pourtant était bien le sien, Céleste Coltellini-Meuricoffre. On la croyait italienne, elle était corse, son mari était Meuricoffre, banquier suisse établi à Naples, et l'on ne manquait pas de rimailler le nom de la chanteuse et de son imposant époux. Elle prétendait qu'elle ressemblait à la ci-devant reine Caroline, et cela contribuait un peu, par le scandale, à son succès auprès du public légitimiste napolitain. Je crus d'abord que Théodore s'était épris de l'ambassadrice car un soir au retour de chez elle, il resta toute la nuit à veiller. Le lendemain, il partit à cheval et ne rentra pas avant la nuit. Je compris vite que c'était parce que, dans les salons de la résidence de France, il en avait vu une autre. La Coltellini-Meuricoffre aimait se frotter à tous les arts, et je vis souvent Théodore prendre le chemin de son salon. Elle se trouvait amie de Gros, ce fut un hasard heureux. Gros, que Géricault admirait plus que tous les autres, fut le sésame qui fit capituler la Meuricoffre. La combinaison secrète. Théodore, vissé chez elle, parlait de chevaux, de peinture et de batailles. Le mari rentra deux mois à Genève pour ses affaires. J'assistais de loin au vaudeville. Je ne sais si leur idylle commença à cette époque, car il ne me racontait rien et je devais tout deviner. Je n'en avais pas le temps, ayant noué moi-même une petite intrigue napolitaine qui me prenait mes journées. À Naples, tout le monde trompait tout le monde, je fus cocu en quinze jours. Je sais que la divine se plaignait de ce qu'il n'était pour elle peintre qu'en paroles et qu'elle attendait qu'il lui montrât quelques tableaux. Je tendais des toiles, je chevillais des châssis, passais du blanc, mes journées s'écoulaient, et le grand artiste ne peignait pas. Nous accumulions une collection d'œuvres à faire.

En novembre, nous étions à Paris, la Meuricoffre chantait à l'Opéra une semaine avant Noël, une fête pour les amateurs; je portai moi-même, six soirs de suite, des fleurs, que je donnai à sa camériste. Quelques jours plus tard, voilée de noir, elle entrait à l'atelier. C'est alors que je pus l'observer plus à loisir, ne l'ayant aperçue qu'à la lorgnette, depuis le poulailler du San Carlo. Une grande femme brune, avec un abattage épouvantable. Elle se fit tout montrer, Théodore jouait les galants hommes, l'appelait Céleste. C'était sublime et délicieux. Je riais bien. Elle chanta à tue-tête, une seule fois, et Joseph, le maure, qui se trouvait là en fut tout bouleversé.

C'est quelques mois plus tard, pendant que je me reposais en Normandie – j'apprenais moi aussi à monter à cheval, je devenais français parmi les laitières de Mortagne – que *La Dormeuse de Naples* fit son apparition à l'atelier. Théodore restait des heures à la contempler. Elle ressemblait un peu à Céleste Coltellini-Meuricoffre, une sorte de beauté corse un peu hâlée, et j'ai toujours pensé qu'Ingres, pour le visage du moins, je ne peux pas juger du reste, avait fait poser la cantatrice. Je crois la chose assez vraisemblable puisqu'elle vint pour la première fois à Naples du temps où Murat y régnait encore. Ingres y était. À l'atelier, nous nous moquions entre nous de cette femme-là, avec sa mouche sous la bouche comme une soubrette de Goldoni. Elle avait un corps bien étrange, et ce nom ridicule de « Dormeuse de Naples » qui sonnait comme une contrepèterie et n'en était pas une. Ça, même sur une île déserte, je n'en aurais pas voulu dans mon lit. Je préférais ma petite noiraude du Perche.

Théodore entreprit le portrait de la belle Céleste, il lui mit une cuirasse d'officier de la vieille garde qui traînait dans un placard avec la ferraille qui avait servi pour le *Cuirassier blessé quittant le feu* et il décréta qu'elle posait dans le rôle de Tancrède, l'un de ses succès, car elle excellait à chanter Rossini. Elle avait été Rosine, Sémiramis et la Dame du Lac, Cendrillon et l'Italienne en Alger. Je me souviens que cette femme vêtue d'acier se moqua un jour de la femme nue peinte par Ingres – comme si elle ne voulait pas reconnaître, devant nous, les élèves, que c'était elle : « Quand je pense que l'on a fait croire à ce cornichon d'Ingres que son modèle était mort. C'est Granet qui avait monté le coup. De quoi rire, mon petit, de quoi rire. La grande comédie italienne. Je n'en dis pas plus. C'est pour cela qu'il n'est pas tout à fait fini ton tableau, les pieds ne sont pas parfaits, regarde. Tu devrais les reprendre, tu le revendrais mieux. »

Et elle détaillait, en le critiquant à haute voix de soprano, ce corps qui était peut-être le sien. Nous n'étions pas dupes.

Mon ami, le vieux Lefèvre, « élève d'Ingres » – il en était si fier – qui peignait pour deux francs les croix d'honneur des miniatures au Palais-Royal, me parlait souvent de cette époque. Il utilisait comme pinceaux des poils arrachés à sa barbe. Il en savait long. Pour lui, l'histoire de la *Dormeuse de Naples* récupérée pour la toile ne tenait pas. Aucun peintre n'aurait osé faire cela, il suffisait de l'avoir vue. Même si ce n'est pas son genre de beauté, on doit reconnaître que c'est un joli travail. On a le respect du métier des autres dans les ateliers. Non, il savait de source sûre que Joseph, le modèle noir comme taupe que Géricault avait pris en affection, parce que la mode était à plaindre les noirs et à leur donner la liberté, avait, quelques jours avant la mort de Théodore, roulé la toile et qu'il avait disparu. Il voulait la monnayer en Italie ou en Angleterre. Je connaissais mal ce Joseph, acteur venu de Saint-Domingue en passant par Marseille où il s'était fait acrobate dans la troupe de madame Saqui ; c'était le genre un peu brigand. Il impressionnait, mais n'était pas mauvais bougre. Intarissable, il racontait mille aventures de maîtresses qu'il prétendait avoir et que l'on ne voyait jamais. Il disait connaître Ingres personnellement. À la longue, il me fatiguait un peu. Il devait estimer qu'un tableau d'Ingres, même volé, cela se revend plus cher qu'un Géricault, assez cher pour que l'on trahisse son bienfaiteur à son lit de mort. Le vieux Lefèvre-aux-croix-d'honneur ne semblait pas grand défenseur des comédiens des colonies. Une autre version pourrait être, selon lui – je le revois pliant sa barbe en trois –, que Joseph, modèle habitué à voir de si belles choses, avait voulu garder pour lui la toile dont il aimait la beauté. Cette montagne de muscles était assez fantasque pour s'être épris d'une plate peinture, sachant bien qu'à la vente de mon maître, il ne serait pas assez riche pour l'acquérir. Et j'imagine assez Théodore, malicieusement, la lui donnant. Joseph l'acrobate partit secouer ses chaînes en Italie, et nul ne le revit plus.

Lefèvre-aux-croix-d'honneur disait en chevrotant que Joseph avait peut-être été payé par Ingres pour récupérer *La Dormeuse.* Il m'avait fait cuire un lapin dans sa soupente, qui empestait tout l'étage d'une odeur de sauce au laurier, et dont nous nous régalions, le soir où il me conta l'affaire. Sur la table, dix officiers dans des ovales d'ivoire attendaient de nouveaux honneurs. Je m'en souviens comme si c'était hier.

Quant au portrait de la Meuricoffre en Tancrède, il existe toujours. Un jour de rage, au moment de la rupture, Théodore lui ajouta des moustaches, replâtra le visage. C'est l'officier de cuirassiers du musée de Rouen.

J'ai abandonné aujourd'hui la carrière de rapin, je me suis fait photographe et je gagne bien ma vie. Je le raconterai ailleurs. On pense que pour être photographe, il faut de la fortune. Je prouve le contraire. Je travaille pour les peintres : c'est mon idée de génie, j'ose le dire. Quand monsieur François Arago a exposé devant l'Académie le procédé de monsieur Louis Jacques Mandé Daguerre et de monsieur Joseph Nicéphore Niepce, j'ai tout de suite compris quel parti l'on pouvait en tirer. Je vends à monsieur Camille Corot, qui ne sort pas de chez lui, des clichés pris à Fontainebleau et à Barbizon. Il barbouille ensuite ses plats d'épinards comme il veut, le petit père. Je photographie des modèles de l'École des beaux-arts et je suis une providence pour les artistes sans le sou qui ne peuvent s'offrir une femme qui pose. Tous ces peintres sont des menteurs et des truqueurs. Seul Théodore ne trichait pas. En souvenir de lui, j'ai fait poser devant l'objectif une lorette vulgaire, qui n'avait même pas voulu enlever son ruban noir autour du cou, les mains dans les cheveux, comme sa Napolitaine. Je me demande bien qui me l'achètera et quel tableau cela deviendra au Salon. Je rédige aussi des livrets que l'on vend à l'entrée du Salon, j'ai pour spécialité de faire parler les maîtres. Je rédige un commentaire à la première personne comme si j'étais monsieur Ingres ou monsieur Corot, une autre fois je me suis pris pour Léonard de Vinci. Mon grand jeu est d'inventer un style pour tous ces maîtres qui n'écrivent pas, et qu'on les reconnaisse. Si je suis Michel-Ange, je sale et je pimente, si je suis le Corrège, je me fais nuageux et mauve, si je suis Albert Dürer, aigu et incisif, si je fais parler le Giotto, je prends le ton drolatique des contes du Moyen Âge. J'ai mon succès et je vends toujours tous mes livrets la première semaine. Un jour j'en ferai un ouvrage. Mes dialogues des morts. C'est un aussi grand plaisir que de retrouver mes clichés travestis chaque année sur les cimaises. Au Salon, je m'amuse. Le public va finir par l'apprendre. On le chuchote déjà. En art, tout est faux.

*

J'en ai tout de même côtoyé un autre qui était honnête, qui croyait à ce qu'il faisait et ne cherchait pas à barbouiller des saints de carton bouilli et des Vénus de plâtre pour les bourgeois. Il admirait je crois beaucoup Théodore et à ce titre déjà mérite bien du respect. J'ai vu entrer un jour, dans l'atelier de la *Méduse*, un homme que je ne connaissais pas. J'étais en haut d'une échelle occupé à étaler, au sabre s'il vous plaît, tout le fond du ciel au-dessus du radeau. J'allais le voir souvent ensuite, ce peintre aux lèvres serrées comme sur un portrait d'autrefois. Mis en dandy, la flamme dans l'œil, il attirait les regards. Monsieur Théodore allait pour l'embrasser. Il l'écarta : « C'est d'abord ta toile que je veux voir, ton sublime radeau dont tout le monde parle. » Il balaya d'un revers de main la petite maquette avec les personnages en cire que j'avais eu tant de mal à installer, sur le modèle de ce que le grand David avait construit pour faire entrer tant de personnages dans son tableau du sacre de l'Empereur. L'homme se recula, demeura en silence, puis parla italien. On me demanda de traduire. C'était du Dante et j'aimais entendre, avec cet accent français, dans notre vieille salle d'atelier, les pages que j'avais apprises enfant. Puis, l'homme, s'interrompant :

« Tu en es là, montre-moi ton esquisse, tu vas t'attaquer à cette partie maintenant, ce dos courbé et cette main de mourant qui tient la poutre du radeau…

– Oui, dès demain, Cadamour ou Polonais va venir le poser. (Cadamour était l'un de ses modèles attitrés, de même que Brzozomvsky, dit Polonais parce qu'aucun gosier d'artiste français n'avait jamais pu prononcer son nom.)

– Pourquoi attendre, ne suis-je pas là, moi ? »

Et notre élégant enleva sa cravate, ouvrit sa chemise, dérangea sa coiffure pour se donner sans doute un air de naufragé qui sentait la lavande anglaise. Il posa le dos, que Théodore dessina en une seule séance et reprit ensuite, sans étude, directement sur la grande toile.

J'ai revu mon homme une dernière fois après la mort de mon maître, c'était au musée du Luxembourg, où le tableau de la Méduse avait été enfin placé. Je ne suis pas allé lui parler ; sans doute était-il le dernier à savoir ce qu'était devenu la *Dormeuse* d'Ingres – j'avais mes raisons pour le croire – et le seul qui n'en dirait jamais rien. Je me suis contenté de le regarder devant le radeau. Drapé dans une cape noire, il regardait ce dos et les flots de ces boucles brunes qu'il ne portait plus ainsi. Il avait vieilli, mais conservait une élégance maintenue au goût du jour. Se voir dans le grand tableau de mon maître devait, j'en suis sûr, lui faire plus de plaisir que si Théodore Géricault avait laissé de lui un portrait. Il pouvait dire qu'il en était. Au Louvre, dans la galerie d'Apollon où il avait l'air de se trouver chez lui, traînant toutes les muses après soi, on le reconnaissait, mais on n'osait pas venir le distraire. Je l'observais, il n'écrivait pas, ne dessinait pas, il fermait quelquefois les yeux. Oui, on pouvait dire qu'il en avait été plus que les autres, de toute cette affaire, de ce romantisme, lui qui n'avait plus posé pour personne, depuis que tous savaient qu'il était monsieur Delacroix. Là-haut, sur son char d'or, Apollon brandit son arc contre le serpent des ténèbres et ses chevaux l'emportent dans les cieux.

Paris, 1861.

SOURCES

Les œuvres citées peuvent être vues dans les collections et musées suivants :

APELLE
Le plus grand de tous les peintres, mais tous ses tableaux sont perdus.

BILLOIN, Charles
La Dernière Étude de Géricault, Ixelles, Musée des Beaux-Arts.

COROT, Camille
Rome, vue prise de la fenêtre de Corot, Paris, collection particulière.
Ville d'Avray, L'Étang, la maison Cabassud, Paris, Musée du Louvre.
Le Colisée vu des jardins Farnèse, Paris, Musée du Louvre.
Le Forum vu des jardins Farnèse, Paris, Musée du Louvre.
Vue des jardins Farnèse, Washington, Phillips Collection.
Rome, L'Église Saint-Pierre-ès-Liens, Paris, collection particulière.
Orléans, Vue prise d'une fenêtre en regardant la tour Saint-Paterne, Strasbourg, Musée des Beaux-Arts.

DAVID, Jacques-Louis
Portrait d'Henriette de Verninac, née Delacroix, Paris, Musée du Louvre.
Le Sacre de Napoléon, Paris, Musée du Louvre.

DELACROIX, Eugène

Apollon vainqueur du serpent Python, plafond de la Galerie d'Apollon, Paris, Musée du Louvre.

GÉRICAULT, Théodore

Cheval retenu par des esclaves, Rouen, Musée des Beaux-Arts.
Officier de chasseur à cheval chargeant, Paris, Musée du Louvre.
Officier de cuirassiers, Rouen, Musée des Beaux-Arts.
Le Radeau de la Méduse, Paris, Musée du Louvre.
Étude de Noir, dessin, Lyon, Musée des Beaux-Arts.
Tête de Noir, dessin, collection Eugène Thaw.
Le Nègre Joseph, Los Angeles, J. P. Getty Museum of Art.
Noir faisant des signes, étude de dos pour *Le Radeau de la Méduse* (d'après le modèle Joseph), Montauban, Musée Ingres.

INGRES, Jean-Auguste-Dominique

Baigneuse à mi-corps, Montauban, Musée Ingres.
Baigneuse de Valpinçon, Paris, Musée du Louvre.
Portrait de François-Marius Granet, Aix-en-Provence, Musée Granet.
Jupiter et Thétis, Aix en Provence, Musée Granet.
Portrait de la comtesse d'Haussonville, New York, Frick Collection.
Portrait de la baronne de Rothschild, Paris, collection particulière.
La Vierge à l'Hostie, Paris, Musée d'Orsay.
Raphaël et la Fornarina, Cambridge, Massachusetts, Fogg Museum

Roger délivrant Angélique, Paris, Musée du Louvre.
Antiochus et Stratonice, Chantilly, Musée Condé.
Odalisque à l'esclave, Baltimore, Walters Art Gallery.

LEFÈVRE
Miniaturiste, élève d'Ingres.
Le plus humble des artistes. Toutes ses œuvres sont perdues. Ne pas le confondre avec Apelle (voir ce nom) ni avec le portraitiste Robert-Lefèvre.

MICHEL-ANGE
Le plus grand des artistes.
Le Jugement dernier, Rome, Chapelle Sixtine.

PIRANÈSE
« Il sepolcro di Nerone », gravure au burin dans *Le Antichità romane*, 1756, t. III, planche 14, Paris, Bibliothèque nationale de France, département des estampes.

POUSSIN, Nicolas
Le plus grand de tous les peintres.
Paysage avec Orphée et Eurydice, Paris, Musée du Louvre.
L'Hiver ou *le Déluge*, Paris, Musée du Louvre.

RAPHAËL
Le plus grand de tous les peintres.
La Fornarina, Rome, collection Barberini.
La Donna velata, Florence, Palais Pitti.
La Madone Sixtine, Dresde, Pinacothèque.

TITIEN

Le plus grand de tous les peintres.

La Vénus d'Urbin, Florence, Musée des Offices.

NOTE DE L'AUTEUR

« Ceci n'est pas un roman historique » écrivait Louis Aragon en tête de *La Semaine sainte.* Ce roman l'est moins encore, même s'il prend pour héros trois peintres « historiques », Ingres, Corot et celui qui inspira le livre d'Aragon, Géricault. Les œuvres qu'on leur donne sont réelles, leurs aventures inventées. Certains de leurs propos sont authentiques.

Peut-être ce livre permettra-t-il de retrouver le chef-d'œuvre peint par Ingres, disparu presque aussitôt, et que les amateurs d'art n'ont pas renoncé à chercher : *La Dormeuse de Naples.* L'auteur souhaite vivement que le lecteur qui tient ces pages en soit l'actuel dépositaire.

Le meilleur spécialiste de l'art français au XIXe siècle, Bruno Foucart, professeur à la Sorbonne, a bien voulu relire le manuscrit de ce roman. Il a fait de nombreuses et justes remarques. L'auteur, peu soucieux d'exactitude, partisan de la vérité romanesque, n'en a le plus souvent tenu aucun compte, espérant que le professeur Foucart ne lui en voudrait pas. Ce roman lui est dédié.

TABLE

DU MÊME AUTEUR

Webcam
Le Passage, 2003
et « Points » n° P1512

La Grande Galerie des peintures :
musée du Louvre, musée d'Orsay,
Centre Pompidou-Musée national d'art moderne
Éditions du Centre Pompidou, 2003, 2006

Une petite légende dorée
Le Passage, 2005
et « Points » n° 1735

Au Louvre : les arts face à face
photographies d'Erich Lessing
Hazan, 2005

Le Style Marie-Antoinette
Assouline, 2005

Ingres, collages
Dessins d'Ingres au musée de Montauban
Le Passage/Musée Ingres, 2005

À bas la nuit !
Grasset, 2006

L'Atelier de Cézanne
Hazan, 2006

IMPRESSION : BRODARD ET TAUPIN À LA FLÈCHE
DÉPÔT LÉGAL : MAI 2007. N° 94778 (40881)
IMPRIMÉ EN FRANCE

Les Grands Romans

P260. Le Guépard, *Giuseppe Tomasi di Lampedusa*
P301. Dieu et nous seuls pouvons, *Michel Folco*
P306. Bélibaste, *Henri Gougaud*
P387. Les Seigneurs du thé, *Hella S. Haasse*
P452. La Femme de chambre du Titanic, *Didier Decoin*
P874. L'Opéra de Vigata, *Andrea Camilleri*
P1128. Les Adieux à la Reine, *Chantal Thomas*
P1290. La Dormeuse de Naples, *Adrien Goetz*
P1334. L'Amandière, *Simonetta Agnello Hornby*
P1458. Sisyphe, roi de Corinthe, *François Rachline*
P1459. Le Voyage d'Anna, *Henri Gougaud*
P1460. Le Hussard, *Arturo Pérez-Reverte*
P1461. Les Amants de pierre, *Jane Urquhart*
P1462. Corcovado, *Jean-Paul Delfino*
P1500. La Tante marquise, *Simonetta Agnello Hornby*
P1501. Anita, *Alicia Dujovne Ortiz*
P1568. La Rose pourpre et le Lys, tome 1, *Michel Faber*
P1569. La Rose pourpre et le Lys, tome 2, *Michel Faber*
P1570. Sarnia, *G.B. Edwards*
P1571. Saint-Cyr/La Maison d'Esther, *Yves Dangerfield*
P1586. Femme en costume de bataille, *Antonio Benitez-Rojo*
P1587. Bellérophon, cavalier de l'Olympe.
Le Châtiment des Dieux II
François Rachline
P1588. Le Pas de l'ourse, *Douglas Glover*
P1627. Equador, *Miguel Sousa Tavares*
P1628. Du côté où se lève le soleil, *Anne-Sophie Jacouty*
P1629. L'Affaire Hamilton, *Michelle de Kretser*
P1630. Une passion indienne, *Javier Moro*
P1674. L'époux divin, *Fransisco Goldman*
P1689. En la forêt de Longue Attente.
Le roman de Charles d'Orléans, *Hella S. Haasse*
P1696. La Sœur de Mozart, *Rita Charbonnier*
P1697. La Science du baiser, *Patrick Besson*
P1700. Dans l'ombre du Condor, *Jean-Paul Delfino*